영화의 심장소리

III

여는 글

영화를 좋아하시나요?

이런저런 이유로 마주치는 분들이 종종 묻습니다. “왜 영화예요? 시인이라면서.” 예리한 질문 앞에서 제 답은 그저, “좋아하다 보니”입니다. 말끝을 흐리지요. “시를 못 써서 소설로 전향했다”고 한 유명 소설가도 있지만, 저 역시 그런 것 같습니다. 어쩌다 보니 영화 모임을 하고, 책을 내고, 칼럼을 쓰고 강의도 하게 되었습니다. 뭐든 하지 않을 수 없어 몸부림을 치다 보니 그렇게, 꿈이 이루어진 것이지요.

영화 사랑의 시작은 어릴 적, TV에서 틀어주는 ‘주말의 명화’였습니다. 연극영화과에 가고 싶었지만 좌절되었고, 그 꿈은 대학 연극반으로 이어졌습니다. 연극반에서 만난 ‘가난한’ 작가와 결혼한 후에도 영화를 참 많이 봤습니다. 유독 여름에 많이 본 것 같은데, 달리 할 일이 없어 그랬던 것 같습니다. 피서나 여행은 사치였을 때니까요.

살면서 세상을 다 가진 듯 행복했을 때가 몇 번 있는데, 그중 하나는 신춘문예 당선이고, 또 하나는 큰(몇 인치였나?) TV를 샀을 때였습니다. 둘 다 아이들이 어릴 적, 시골에 살 때입니다. 옥상에 올라간 남편이 "잘 나와? 안 나와?"를 외치며 안테나를 만지던, 까마득한 시절의 이야기입니다. 지금은 사라진 비디오대여점에서 수많은 영화를 빌려 봤습니다.

그때 영화는 내게, 팍팍한 삶의 도피처인 동시에 갈증을 없애주는 오아시스였습니다. 지금은 그때처럼 순수하게 영화를 사랑하지는 않는 것 같습니다. 하지만 좋은 영화를 보고 난 후의 행복감은 이루 말할 수가 없지요. 최근에 〈유 캔 카운트 온 미〉를 봤을 때가 그랬습니다. 〈러브 액츄얼리〉의 로라 리니 배우가 좋아 찾아본 것이었는데, 힘든 현실 속에서 따뜻함을 잃지 않는 영화였습니다. 책에 실린 영화들이 대부분 그럴 것입니다. 온기를 지닌 영화, 힐링 영화들이지요. 물론 아닌 것도 더러 있습니다만, 그래도 생각할 거리를 주는 영화일 겁니다.

이 책에 실린 글은 대부분 몇 년간 지역 신문(영남일보)에 실렸던 글입니다. 여러 명의 기자를 거치는 동안 자르지 않고(?) 원고 요청을 계속해준 담당자분들께 고마움을 전합니다. 역시 글은 마감이 쓰는 것입니다. 뒷부분에 실린 한국 영화 몇 편은 국립국악원에서 발행하는 '국악누리'에 연재한 글입니다. 우리 영화에 대한 애정을 잊지 않아야겠지요, 늘 반성하는 부분입니다.

책이 나올 즈음, 저는 딸과 함께 유럽에 있을 것입니다. 그리스와 이탈리아 남부, 오래된 버킷리스트입니다. 에게해와 지중해를 연이어 눈에 담는, 꿈 같은 일이지요. 이 책을 손에 드신 고마운 분들도 버킷리스트를 하나하나 이루며 사시기 바랍니다.

노벨문학상 수상(2020) 작가 루이즈 글릭은 그의 시 '눈풀꽃'에서 노래했습니다. "그래, 기쁨에 모험을 걸어 보자"라고. 물론 뒤이은 구절은 "세상의 맵찬 바람 속에서"입니다. 세상은 그리 호락호락하지 않지만, 기꺼이 삶의 기쁨을 찾아 모험을 떠나보도록 해요. 영화 〈조조 래빗〉에 나온 말처럼 "아름다움도, 두려움도 모두 경험"하면서 말입니다.

2023 봄날에, 김은경

숨은 영화를 찾는
즐거움

영화의 심장소리

세 번째 이야기

3

c o n t e n t s

THEATER

TWO

산다는 것은 성장한다는 것

c o n t e n t s

THEATER

THREE

마음을 찾아 떠나는 여행

THEATER

FOUR

사라지는, 소중한 것들을 위하여

64th Internationale Filmfestspiele Berlin
Berlinale Special Gala
제20회 LA국제영화제 관객선정 최우수작품상
제29회 트로이국제영화제 국제예술영화관연맹상
삶이 무너지는 순간
널 위로해 줄 멜로디
지금, 우리에게 필요한 건
사랑하는 누군가
〈인 어 베러 월드〉〈호빗〉 미카엘 페르스브란트 주연
2016.02

THEATER

ONE

인생 영화가 있나요?

포스터 출처 : 사랑하는누군가 _ (주)엣나인필름

베를린영화제에서 감독상을 받았던 페르닐레 피셔 크리스텐센 감독이 연출한 〈사랑하는 누군가〉는 음악영화다. 북유럽의 풍광과 분위기에 한껏 취할 수 있는 매력적이고 따뜻한 영화다.

꿈과 현실에 다리를 놓은 공중곡예사

'하늘을 걷는 남자'
로버트 저메키스 감독 2015 미국

1974년 미국 뉴욕 상공에서 현실과 환상의 경계를 넘나드는 초대형 사건이 발생한다. 한 프랑스 청년이 월드 트레이드 센터 빌딩 사이에 줄을 걸고 공중곡예를 펼친 것이다. 일명 '범죄예술'이라 불리며 세계를 놀라게 한 이 사건은 공중곡예사 필리페 페팃의 치밀한 계획하에 실행되었다. 불가능한 꿈을 현실로 이룬 페팃은 성공 직후 경찰에 체포된다. 하지만 순식간에 슈퍼스타로 등극하여 열렬한 지지를 받는다. 이 사건으로 뉴욕 시민들은 흉물이라 여기던 월드 트레이드 센터 즉, 쌍둥이 빌딩에 특별한 애정을 가지게 되었다고 말한다.

〈백 투 더 퓨처〉 시리즈와 〈포레스트 검프〉 등으로 유명한 로버트 저메키스 감독이, 판타지를 현실로 이룬 이 이야기에 관심을 가진 것은 당연하게 보인다. 영화는 필리페 페팃의 자서전 「나는 구름 위를 걷는다」를 바탕으로 만들어졌다. 그의 이야기가 담긴 다큐멘터리 〈맨 온 와이어〉는 아카데미에서 최우수 다큐멘터리상을 받기도 했다. 로버트 저메키스 감독의 유려한 연출과 시종일관 마음을 졸이게 하는 스토리, 그리고 필리페 페팃 역 조셉 고든 레빗의 매력적인 연기가 영화에서 눈을 떼지 못하게 한다.

영화를 보고 나면 또 하나의 충격적인 사건을 떠올리지 않을 수 없다. 바로 2001년 9·11 테러로 월드 트레이드 센터가 영원히 사라진 것이다. 소설이나 영화보다 현실이 더 놀랍다는 이야기를 종종 듣지만, 이 사건이야말로 가장 비현실적인 사건의 대표일 것이다. 2006년 뉴요커지는 9·11로 사라진, 그라운드 제로 위 허공에 떠 있는 필리페 페팃의 모습을 표지로 삼았다. 이 그림은 그 해 베스트 커버 어워드에서 최고의 표지상을 받았다. 필리페 페팃은 끔찍한 테러로 사라진 월드트레이드센터를 추모하는 대표적 인물이 된 셈이다.

몇 년 전 이 영화를 볼 때, 감동보다 의문이 앞섰던 것을 기억한다. '저런 일을 왜 하는 거지? 목숨 걸고?'라는 거였다. 필리페 페팃을 향한 기자들의 인터뷰 역시 한결같았다. "대체 이런 일을 왜 하는 겁니까?" 쏟아지는 질문 공세에 대한 그의 대답은 느긋했다. "이유는 없습니다. 다만 아름다운 곳에 줄을 걸고 싶었을 뿐." 마치 산이 있기에 오른다는 등반가들의 말 같은 선문답이다. 여기에 대한 또 하나의 대답이 있다. 혼란스러워하던 필리페에게 연인 애니가 하는 말, "자기 마음이 길을 알려줄 거야." 그 말을 들은 필리페는 묵묵히 오랜 계획을 실행에 옮기게 된다.

최근 영화를 다시 보며 마음에 와닿은 것은 빌딩 꼭대기에서 줄을 타며, 그가 느꼈던 고요함과 평안함이다. 쳐다보기도 아찔한 110층짜리 건물 위에서 아무런 안전장치 없이 태연하게 줄을 탈 수 있었던 것은 '평상심'을 잃지 않아서 그런 거지 싶다. 신체의 일부인 듯, 늘 자신과 함께해온 줄에 대한 신뢰, 그리고 자신에 대한 믿음이 있었기에 110층 위를 2, 3층이라도 되는 듯 가뿐하게 걸을 수 있었던 것이다. 그토록 아찔한 곳에서 고요하고 침착하게, 마음을 지켰던 이 남자를 오래 잊지 못할 것 같다. 산다는 게 어차피 고공 줄타기이고, 우리 모두 아슬아슬한 줄 위에 서 있는 인생이므로.

눈부신 청춘,
전쟁을 말하다

'청춘의 증언'

제임스 켄트 감독 2014 영국

대학 4학년, 마지막 수업이 막 끝났을 때의 느낌을 기억한다. 더는 학생으로 이곳에 있을 수 없다는 생각이 아련한 슬픔을 불러일으켰다. 나름 힘들고 고달팠던 대학 시절이었는데 왜 그토록 아쉬운 마음에 젖었을까? 생각해보면 청춘이 막 끝나가고 있다는 느낌이 아니었을까? 돌이켜보면 청춘은 슬프다. 너무 아름다워서. 어쩌면 가장 아프고 가장 눈부신 시절이다. 얼마나 눈부신 시절인지는 지나고 나서야 알게 된다.

영화 〈청춘의 증언〉은 가장 빛나는 시절, 네 청춘에 대한 기록이다. 또한, 전쟁이란 것이 그 청춘을 어떻게 빼앗아 갔는지에 대한 기록이다. 가장 아름다운 시절과 가장 어두운 시절의 극단적인 대비가 더욱 마음을 아프게 한다. 청춘의 싱그러움과 영상의 아름다움, 그리고 전쟁의 야만성이 함께 놓여있어 못내 처연하고 아프다. 그런데도 끝까지 아름다움과 희망을 놓치지 않는다.

작가가 되고 싶은 베라 브리튼은 시집갈 준비나 하라는 아버지의 반대를 무릅쓰고 옥스퍼드에 진학한다. 대학 생활의 꿈에 부풀어 있던 때 전쟁이 일어난다. 1914년, 제1차 세계대전이었다. 사랑하는 남동생과 연인, 친구를 모두 전쟁터에 보내게 된 베라는 학업을 뒤로하고, 자신도 간호사가 되어 전장에 참여한다. 꽃다운 청춘들의 고통과 주검을 목격하며 전쟁의 비극을 생생하게 체험한다. 결국, 자신이 사랑했던 세 남자를 모두 잃은 베라는 종전 후 평화주의자가 되어 반전을 외친다.

가장 기억에 남는 영화 장면이 있다. 전쟁을 경험한 연인의 변화를 본 베라가 울부짖는 장면이다. 잠시 휴가를 온 롤랜드. 섬세한 감수성의 소유자이자, 문학청년이던 그가 폭력적으로 변한 것이다. 사랑했던 여인을 본체만체하고, "시를 좀 썼냐"는 말에 코웃음을 치고 만다. 딴사람이 된 것 같은 롤랜드를 부둥켜안은 채 베라가 말한다. "무슨 일이 있어도, 네 가슴만은 다치지 마." 그러자 롤랜드가 말한다. "벌써 다 죽어버린 것 같아."

그 뒤 전쟁터로 돌아간 롤랜드는 죽음을 맞이하지만, 그의 유품 속에서는 베라에게 쓴 시가 발견된다. "청춘이 스러진 곳에

/ 처연히 핀 제비꽃 / 그 날의 비극 감추네 / 그대는 보지 못해 다행이네"라는 절절한 글들을 남긴다. 그의 시는 그 뒤 책으로 출판되어 시인으로 이름을 알리게 된다.

또 하나, 인상적인 대사가 있다. "우리 곁에 유령이 존재한다면 함께 사는 법을 배워야 해." 사랑하는 사람들을 잃은 상처로 괴로워하며, 세상을 등지고 살려는 베라에게 남긴 동료의 말이다. 전쟁의 상처를 안고서라도, 어떻든 다시 살아내야 한다는 것을 일깨우는 말이다. 그 말 때문이었을까? 그 뒤 그녀는 한 권의 책을 출판한다. 그녀가 겪어야 했던 전쟁의 비극, 사랑하는 사람들을 잃어야 했던 체험을 생생하게 담아낸 책이었다. 종전 15년 뒤였다.

극심한 신경 쇠약에 시달리며 집필했다는 이 책은 출간되자마자 베스트셀러가 되었고, 여성의 눈으로 본 최고의 전쟁회고록으로 평가받고 있다. 베라 브리튼의 전기를 쓴 마크 보스트리지는 이 책이 "잃어버린 세대에 대한 성가"이자 "성장의 정수를 보여주는 이야기"라고 했다. 이 책은 피터 박스울이 편집한 「죽기 전에 꼭 읽어야 할 책 1001」에 당당히 자리하고 있다. 베라와 남동생, 그리고 친구들이 주고받은 편지들도 사후에 출판되었다고 한다.

영화는 1차 세계대전 발발 100주년을 기념하여 제작되었다. 전투 장면 하나 없이, 전쟁의 비극을 가장 잘 드러낸 영화라고 할 수 있다. 아름다운 영상과 고전미를 재현한 의상들, 청춘을 대표하는 배우들의 풋풋한 모습들이 영화를 더욱 빛나게 한다. 진지하고 아름다운 이 영화가 관객들의 외면을 받았다는 것이 안타까울 따름이다.

“무슨 일이 있어도, 네 가슴만은 다치지 마.” 베라의 이 말은 또 다른 전쟁 속에 살고있는 이 땅의 고달픈 청춘들에게도 해당되는 말이 아닐까.

아름다움도,
두려움도 모두 경험하라

'조조 래빗'
타이카 와이티티 감독 2019 미국

크리스틴 뢰넨스의 「갇힌 하늘」을 원작으로 하는 〈조조 래빗〉은 소설과 결이 매우 다르다. 히틀러와 나치를 통렬하게 풍자한 블랙코미디로, 전쟁과 홀로코스트의 참상을 소년의 눈을 통해 밝고 유쾌하게 그렸다. 2차 세계대전 말기의 독일, 나치를 동경하는 10살 소년 조조는 히틀러 청소년단에 입단한다. 영화에 등장하는 히틀러는 그의 상상 속 친구로, 일상에서 항상 함께 하는 존재다. 어느 날 벽 속에 숨은 유대인 소녀를 발견하고, 조조의 가치관에 균열이 생긴다.

아카데미 작품, 편집, 의상, 미술, 여우조연 후보에 올랐던 이 재기발랄한 영화는 각색상을 받으며, 진가를 인정받았다. 각본,

감독, 제작, 주연을 겸했던 타이카 와이티티의 재능이 돋보이는데, 뉴질랜드 출신인 감독은 어머니가 유대인, 아버지는 마오리족 혈통이라는 독특한 이력을 가지고 있다. 이 영화가 어머니에게 보내는 러브레터라고 밝힌 바 있는데, 애니메이션 〈모아나〉 대본을 썼고, 블록버스터 〈토르:라그나로크〉 감독으로 성공하기도 했다. 그의 다음 작품은 〈스타워즈〉 시리즈니, 뉴질랜드 출신의 코미디언이 할리우드 정상에 우뚝 선 셈이다.

배우들의 연기도 훌륭한데, 조조 역의 로만 그리핀 데이비스와 엄마 역의 스칼렛 조핸슨은 각각 골든글로브 주연, 아카데미 조연 후보에 올랐다. 히틀러 역으로 출연까지 한 감독은 영화를 독특한 블랙코미디로 만드는 역할을 톡톡히 한다. 전쟁과 홀로코스트라는 인류 역사상 가장 비극적인 사건을 발랄한 터치로 코믹하게 그려낸 타이카 와이티티의 재능이 놀랍다.

소설 「갇힌 하늘」(Caging Skies)에서 유대인 소녀 엘사는 "우리는 모두 각자의 프레임 안에 갇힌 하늘을 볼 뿐"이라고 했다. 지금의 우리도, 내가 보는 것만이 전부이고 진실이라고 주장하는 세상에 살고 있다. 내가 보는 풍경만이 전부가 아니라는 것을 알고, 조금은 더 넓은 눈으로 세상을 바라볼 수는 없을까.

영화는 나치에 세뇌되어 히틀러를 영웅으로 여기는 소년의 변화를 통해, 견고한 틀이 깨어지는 과정을 지켜보게 한다. 히틀러와 나치를 매섭게 풍자하는 동시에, 한 소년의 성장담이기도 한 이 영화는 지금 우리의 모습을 돌아보게 만든다.

마지막 장면, 전쟁이 끝나고 '전직 나치 소년' 조조와 유대인 소녀 엘사가 함께 춤을 추는 장면은 감동적이다. 배경음악은 데이빗 보위의 'Heroes'인데, 마치 "힘들고 고통스러운 시간을 견뎌온 그대들이 영웅입니다"라고 위로하는 것 같다.

영화는 릴케의 시 한 구절로 마무리된다. "아름다움도 두려움도 모두 경험하라. 오직 걸어가기만 하라…." 영화도 좋았지만, 이 구절이 오래 마음에 남았다. 우리는 아름다운 것, 좋은 것만 경험하려 한다. 하지만 인생이란 그렇지 않다는 것도 안다. 릴케는 아름다움도, 두려움도 모두 삶의 한 부분임을 받아들이고, 다만 인생길을 걸어가라고 말한다.

감독의 이름 '타이카'는 마오리 언어로 호랑이를 뜻한다고 한다. 영화 속 조조 엄마의 말대로 "호랑이 눈을 똑바로 바라보고" 두려움에도 당당히 걸어갈 수 있기를 바란다. "삶은 신의 선물이니 즐겨야지"라는 말 또한 마음에 새기고.

바람만이 아는 인생의 답

'세인트 빈센트'
데오도르 멜피 감독 2014 미국

영화를 보는 재미 중 하나는 등장인물의 변화다. 그 변화는 주인공이 처한 상황에 따라오거나, 누군가를 만나서 온다. 사람과 사람의 만남, 그리고 변화는 관객에게 감동을 안긴다. 〈세인트 빈센트〉는 이런 만남과 변화가 있는, 재미있고 따뜻한 영화다.

10살 올리버는 이사 온 첫날, 까칠한 옆집 할아버지 빈센트를 만난다. 빈센트는 괴팍한 성격 탓에 모두가 싫어하는 인물이지만, 올리버는 재미있고 멋지다고 생각한다. 우연찮게 올리버의 베이비시터가 된 빈센트는 싸우는 법을 비롯한 인생의 기술(?)을 가르친다. 경제적 궁핍에 시달리며 도박(경마), 도둑질도 서슴지 않는 빈센트지만, 올리버는 '주변의 성인(聖人) 찾기' 학교 프로젝트에서 그를 성인으로 발표한다. 빈센트에게는 성인으로 불리어도 좋을 만한 인생의 이야기가 숨어있었다.

〈히든 피겨스〉의 데오도르 멜피가 각본을 쓰고 연출했는데, 여기에는 감독 자신의 경험이 들어있다. 자신이 돌봐주던 조카가 학교 프로젝트에서 자신을 성인으로 인정해 준 것에서 시작되었다. 시나리오를 써놓고 빈센트 역에 빌 머레이를 캐스팅하기 위해 6개월 이상 공을 들였다고 한다. 독특한 페이소스가 있는 코미디 배우 빌 머레이의 연기는 고단하고 복잡한 삶의 애환을 훌륭하게 표현한다.

영화를 보고 나자, 한 편의 시가 떠올랐다. 시인 정현종은 '방문객'에서 사람이 온다는 건 어마어마한 일이고, 한 사람의 일생이 오는 것이라 했다. 부서지기 쉬운, 부서지기도 했을 마음이 오는 것이라고. 그의 표현대로 '바람만이 더듬어볼 수 있는 마음'을 10살 소년이 어떻게 알았을까? 모두가 싫어하는 빈센트를 따라다니며, 거친 겉모습에 숨어있는 내면의 성인을 어떻게 알아보았을까?

실은 올리버도 그만큼 외로운 아이였기 때문이다. 엄마와 둘이 살아가는 소년에게 필요했던 아버지의 자리를 빈센트가 내주었기 때문이다(빈센트의 어린 시절도 아마 올리버만큼 외로웠을 듯하다). 또한, 겉모습으로 사람을 평가하지 않는 순수함을 가졌기 때문이다.

무뚝뚝하지만, 알고 보면 따뜻한 마음의 빈센트 역을, 빌 머레이는 마치 평소 모습인 듯 자연스럽게 연기한다. 마지막 장면, 밥 딜런의 노래를 따라 부르는 장면이 긴 여운을 남긴다. 곡명은 '폭풍으로부터의 은신처(Shelter from the storm)'인데, 제목도, 따라 하기도 어려운 이 노래를 편안하게 흥얼거린다. 폭풍 같은 인생에서 은신처를 찾기라도 한 것 같은 모습이다.

'귀를 위한 시'를 쓰는 밥 딜런도 바람만이 대답을 알고 있다('Blowin' in the wind')고 했다. '얼마나 많은 길을 걸어야 사람답게 살 수 있는지'를. 사람다운 것은 무엇일까? 외롭고 쓸쓸하지만, 편하고 조용한 나만의 삶을 살 건지, 귀찮음과 불편함을 감수하고서라도 함께 하는 길을 갈 건지는 이 영화 속에 답이 있다.

오늘도 바람만이 아는 인생의 답을 더듬어보기 위해 한 편의 영화를 본다.

꿈꾸고 노래하라
너만의 세상을

'잉글랜드 이즈 마인'

마크 길 감독 2017 영국

외톨이에 사회 부적응자인 청년이 자신만의 세상을 만드는 이야기를 담은 〈잉글랜드 이즈 마인〉은 '더 스미스(The Smiths)'의 보컬 모리세이의 이야기다. 독특하고 문학적인 가사로 유명한 '더 스미스'는 '브릿팝의 셰익스피어'라 불리며, 1980년대 영국 인디 음악계에서 가장 중요한 밴드다. '뮤지션의 뮤지션'이라 불리며 후배 뮤지션들에 막대한 영향을 미쳤다. 보컬과 작사를 담당한 모리세이는 영국 음악계에서 가장 뛰어난 작사가 중 하나다.

'더 스미스'의 이름을 처음 들은 건 영화 〈500일의 썸머〉에서였다. 주인공 톰과 썸머가 처음 만났을 때 톰은 '더 스미스'를 들고 있었고, 썸머는 자기가 좋아하는 곡이라며 말을 걸었다. 영화 〈월플라워〉의 주인공 샘과 찰리가 가장 좋아하는 음악도 '더 스미스'였다. 수많은 영화 음악으로 쓰였고, 오아시스, 블러, 라디오헤드 등 뮤지션들이 추앙하는 밴드다.

1970년대 후반 맨체스터, 외로운 문학청년 스티븐은 음악 듣기와 글쓰기가 유일한 낙이다. 어렵사리 취직한 세무서에서는 상사에게 꾸중 듣기 일쑤, 동료들에겐 놀림의 대상일 뿐이다. '밴드 구함'이라는 공고도 내보지만, 막상 기회가 생기면 도망가 버리고 만다. 그런 그에게 자유분방한 아티스트 린더가 나타나고, 그녀는 하고 싶은 일을 하며 살라고 한다. 그녀의 말에 용기를 얻어 밴드를 시작해 보지만, 매니저는 기타리스트 빌리만 필요하다고 한다.

린더마저 런던으로 떠나자 극심한 우울증에 시달리던 그는 정신과 치료를 받을 만큼 힘든 나날을 보낸다. 그는 어떻게 살아야 할지 모르겠다며 흐느끼며 "세상은 나 같은 이들을 위한 곳이 아니야"라고 말한다. 이 말에 엄마는 "그러면 너만의 세상을 만들어"라며 그가 좋아하는 오스카 와일드의 책을 내민다. 이 말에 힘을 얻어 다시 책을 읽고, 글쓰기를 계속하는 그에게 기타리스트 '조니 마'가 밴드를 하자고 한다. 영화는 모리세이가 조니 집 문 앞에 서는 순간 끝이 난다. 새로운 길이 열리기 직전, 그들이 '더 스미스'라는 역사를 쓰기 직전에 끝나는 것이다.

영화를 보는 내내 7, 80년대 음악들이 감성을 자극한다. 흥미로운 건 그토록 매력적인 '더 스미스'의 노래는 나오지 않는다는 것이다. 영화의 시작은 1976년, 끝은 1982년인데, 이때는 '더 스미스'의 음악이 세상에 없기 때문이다. 영화를 보고 나면 '더 스미스'의 노래를 찾아보게 된다. 사춘기 감성이라 폄훼하는 이들도 있지만, 빼어난 가사들이 마음을 끌어당기고, 매력적인 멜로디는 귀를 매혹시킨다. 많은 이들이 왜 그토록 좋아하는 밴드인지 알게 된다.

'더 스미스'의 독특하고 시적인 가사는 감수성 예민한 젊은이들의 마음을 뒤흔들었다. 고뇌하는 젊음을 대변한 모리세이는 수많은 방황을 거쳐, 음악으로 자신만의 세계를 창조했다. 소로우의 말처럼 다른 북소리, 나만의 북소리에 맞춰 걸어간 것이다. 이것은 어느 뮤지션의 이야기일 뿐 아니라, 자신만의 세상을 꿈꾸고 만들어가야 할 우리 모두의 이야기다.

슬픔을 이겨내는 시간

'해피 어게인'
커트 보엘커 감독 2017 미국

보려다가 다른 영화에 밀려 놓쳤던 영화를 드디어 봤다. 원제가 〈Bachelors〉인데, 사전이 가리키는 뜻은 독신남이다. 우리나라 제목은 〈해피 어게인〉(Happy Again). 지금은 행복하지 않다는 뜻이다. 어두운 내용일 것 같아 보기가 꺼려졌다. 하지만 꽤 높은 평점, 그리고 명배우 J.K. 시몬스와 줄리 델피의 출연에 이끌려 우려를 떨치고 보게 되었다. 보길 잘했다는 생각이 들었다. 연기가 좋았고, 음악이 좋았고, 해피엔딩이라 좋았다(미처 끝내지 못한 숙제처럼 아직도 봐야 할 영화가 얼마나 많은지, 오늘도 푸념 아닌 푸념을 해본다. 하지만 영화가 없는 세상은 얼마나 삭막할까?).

암으로 갑작스레 아내를 잃은 빌은 슬픔을 이기지 못한 채, 고등학생인 아들 웨스와 함께 LA로 이사한다. 수학 교사인 그는 친구인 교장의 배려로 상담을 받으며 조금씩 회복해나간다. 웨스 역시 엄마를 잃은 슬픔 속에서 조금씩 적응해간다. 새 친구를 사귀고 크로스컨트리부에서 힘껏 달리기도 한다. 하지만 사랑하는 사람을 잃은 슬픔은 생각만큼 쉽게 극복이 되지 않는다. 빌은 프랑스어 교사인 카린과 가까워지지만, 아내를 향한 그리움과 죄의식은 커지기만 한다. 어른스러운 아들 웨스는 무너져가는 아버지를 바라보며 괴로워한다. 이들이 다시 행복해지기 위해서는 얼마만큼의 시간이 필요한 것일까?

〈스위트 노벰버〉의 각본을 썼던 커트 보엘커가 각본, 감독을 겸했다. 줄리 델피를 비롯한 배우들의 연기, 특히 웨스 역 조쉬 위긴스의 연기가 빛났고, 한없이 부드러운 역할의 J.K. 시몬스 모습이 인상적이었다. 슬픔을 이기기 위해 힘껏 달리는 웨스의 모습과 무너져가는 아버지를 향해 절규하는 장면이 절절하다. “인생의 수많은 기쁨은 고통과 함께 오기도 한다”는 대사도 좋았다. “하지만 그건 네가 잘못해서가 아니야”라고 덧붙인 말도 마음에 남았다. 엄마 없는 세상을 살아갈 아들을 향한, 사랑하는 엄마의 말이다.

영화의 주요 인물인 빌, 웨스, 카린, 그리고 웨스의 여자친구 레이시 모두 상처가 있다. 각기 다른 아픔을 가진 인물들이, 상처 속에서 행복을 찾아가는 모습이 보기 좋았다. 특히 마지막 장면, 바다를 보며 함께 차를 타고 가는 모습에 마음이 따뜻해졌다. 힘든 시간을 보내는 인물들을 보며 계속 생각한 것은, 슬픔을 이겨내는 데는 시간이 필요하다는 것이다. 의지만으로도 어렵다. 주변의 따뜻한 위로도 필요하지만, 일단은 자신에게 시간을 좀 주어야 한다.

집에서 십 분쯤 걸어가면 호젓하게 차를 마실 수 있는 숲속 카페가 있다. 이런저런 일에 치여 힘든 날, 커피를 마시고 책을 읽으며 한참 숲속에 있었다. 어느새 생각이 정리되고 맑은 기운이 솟아났다. 때로는 아이스커피 한 잔만으로도 생기가 도는 게 인생이다. 더구나 숲속에서의 호젓한 시간은 아픈 마음에 치료약이나 다름없었다.

몸이 아프면 치료를 해야 하듯 마음도 마찬가지다. 지금 마음이 힘들고 아픈가. 기억하자. 다시 행복해지기 위해서는 시간이 조금 필요할 뿐이라고. 또한, 인생이란 게 크로스컨트리처럼 고통과 기쁨이 함께 오는 거라고.

누구든 서점에서는 외롭지 않다

'북샵'
이자벨 코이젯트 감독
2017 스페인 외

드물게 아름다운 영화였다. 배경도, 음악도, 연기도 모두 아름다웠다. 하지만 내용까지 마냥 아름다운 것은 아니었으니, 꿈을 좇아 살아가는 선한 주인공을 그냥 두지 않는 사람들 때문이다. 페넬로페 피츠제럴드의 소설을 영화화한 이야기는 1950년대가 배경이지만, 오늘날도 마찬가지인 세상의 한 부분을 세밀하게 보여준다.

책을 좋아하는 플로렌스는 영국의 작은 마을에서 서점을 열기로 마음먹는다. 전쟁으로 남편을 잃은 그녀가 꿈을 이루기 위해 용기를 낸 것이다. 오래된 집을 수리해서 서점을 열지만, 마을의 유력자 가맛 부인이 가만두지 않는다. 그곳을 문화센터로 만들려던 계획이 물거품이 됐기 때문이다. 끈질긴 방해에도 플로렌스는 꿋꿋이 버텨보지만, 상황은 점점 어려워진다. 결국, 법을 교묘하게 이용한 가맛 부인에게 서점을 빼앗기지만, 뜻밖의 반전이 그녀를 기다리고 있다.

스페인의 아카데미라는 고야상에서 작품상, 감독상, 각색상을 수상한 수작이다. 원작자 페넬로페 피츠제럴드는 맨부커상 수상에 빛나는 작가다. 영화의 마지막 장면에서 그녀의 책 「북샵」이 전시되어있는 모습이 재미있다.

영화 내내 중년 여인의 목소리로 해설이 계속되는데, 마지막에 가서야 목소리의 주인공이 누구인지 밝혀진다. 이 영화를 가장 흥미롭게 만드는 지점이다. 플로렌스가 모든 것을 포기하고 마을을 떠날 때 벌어지는 반전을 보면, "끝날 때까지는 끝난 게 아니다"라는 저 유명한 요기 베라의 말을 떠올리게 된다. 영화의 엔딩은 좌절 끝에 찾아오는 한 조각 희망을 말한다.

작가 페넬로페 피츠제랄드는 말했다. 인생에서 모두에게 인정받는 때가 두 번 있다고. 첫 번째는 걸음마를 배운 순간이고, 두 번째는 독서를 배운 순간이라고 한다. 이 말은 독서가 직립보행만큼이나 중요하다는 것 같다. 그만큼 독서를 통해 새로운 세상이 열린다고 말하는 것이리라. 독서에 관해 더할 나위 없는 찬사를 보낸 이 작가의 소설을, 이자벨 코이젯트 감독이 아름다운 영화로 만들었다. 책과 책방에 관한, 가장 아름다운 영화의 하나일 것이다.

"누구든 서점에서는 외롭지 않다"고 한 플로렌스의 말처럼 외로움을 이기는 가장 좋은 방법은 책과 함께 하는 것이다. 플로렌스의 용기와 열정 역시 책에서 얻었을 것이다. 아름다운 풍경 속에서 책을 읽고, 천천히 산책하던 플로렌스의 모습이 떠오른다. 에밀리 모티머의 풍부한 연기가 그녀를 더욱 빛나게 만들었다.

요즘 여기저기서 책방 소개가 많은 걸 본다. 주인장의 취향이 한껏 드러난 책방이 카페도 되고 문화 사랑방도 된다. 작은 책방을 꾸려가는 분들은 정말이지 존경스럽다. 노파심에서 경제 사정을 걱정해보지만, 영화처럼 용기 있는 삶을 사는 이들에게 진심으로 박수를 보낼밖에.

영화를 보고 나자, 책방 순례를 하고 싶어졌다. 인터넷 서점이 아닌, 작은 책방들 말이다. 단순한 구경이 아니라, 한 권이라도 책을 사서 문을 나서리라 마음먹는다. 그때마다 무엇보다 책을 사랑한, 용기 있는 책방 주인 플로렌스를 떠올릴 것이다.

흑백 무성영화의 아름다움

'아티스트'
미셸 아자나비시우스 감독
2011 미국 · 프랑스

여행을 다녀왔다. 일본 나오시마, '예술의 섬'이라 불리는 곳이다. 세계적인 건축가 안도 타다오의 지중 미술관으로 유명한 곳. 고요한 여행이었다. 하늘과 바다와 바람과 숲, 그리고 침묵이 있었다. 복잡한 도심과 문명을 뒤로하고, 고요함 속에서 예술 작품의 아름다움을 한껏 누린 시간이었다. 세계 각국의 여행객들이 모여 작품을 감상하며, 고요함 속에서 그 자체가 하나의 작품이 된, 진정 말이 필요 없는 시간이었다. 여행의 피로를 전혀 느낄 수 없었던, 휴식과도 같은 그 시간의 힘은 단언컨대 침묵 때문이 아니었을까.

영화 〈아티스트〉는 무성영화다. 대사 없이 음악만 흐르는, '무언의 미학'으로 가득한 흑백영화다. 배경은 1920년대 말과 30년대 초 할리우드. 유성영화가 막 등장한 시기, 곧 사라질 운명인 무성영화 스타의 비애를 담은 작품이다. 주인공 조지 발렌타인은 무성영화 최고의 스타로 인기를 한 몸에 받고 있다. 짧은 만남으로 인연을 맺은 무명의 페피 밀러는 유성영화의 떠오르는 스타가 된다. 제작사가 무성영화 제작중단을 선언하자 조지는 스스로 각본, 감독, 제작을 겸한다. "유성영화는 진지함이 없다"며, 스스로를 "꼭두각시가 아닌 아티스트"라 부른다. 하지만 자신이 제작한 영화는 관객의 외면을 받고, 같은 날 개봉한 페피 밀러 주연의 유성영화는 대성공을 거둔다. 좌절에 빠진 조지에게 스타가 된 페피가 손을 내밀지만, 조지는 거부한다. 실의에 빠진 나날을 보내던 그는 마침내 자신이 오만했음을 고백하고 페피의 도움으로 진정한 아티스트로 거듭나게 된다.

바야흐로 21세기, 3D, 4D 시대에 흑백 무성영화를 제작한다는 건 흥미를 넘어 경이로운 일이다. 하지만 이 놀라운 모험은 당당하게 인정을 받았다. 2012 아카데미 작품상, 감독상 등 주요 부문을 수상했고, 타임지가 선정한 '2011 최고의 영화'로 꼽히기도 했다. 골든 글로브에서의 수상 경력도 화려하다. 특히 각종 영화제에서 남우주연상을 휩쓴 프랑스 배우 장 뒤자르댕의 말이 의미심장하다. "대사가 감정을 방해하지 않기 때문에 오히려 순간의 눈빛, 혹은 눈썹의 움직임 하나로도 명확한 감정을 전달할 수 있었다." 영화를 보면 그의 말을 실감하지 않을 수 없다.

실제 무성영화 스타였던 존 길버트, 더글러스 페어뱅크스 등을 모델로 조지 발렌타인이라는 인물을 창조했다고 한다. 더글러스 페어뱅크스는 무성영화 최고의 액션스타로 역시 대스타였던 메리 픽포드와의 결혼으로 유명하다. 극 중 페피 밀러의 집으로 촬영된 곳은 메리 픽포드의 집이며, 침대도 그녀가 쓰던 것이다.

영화에서는 조지 발렌타인이 재기에 성공하는 것으로 나오지만, 실제로 무성영화 스타가 유성에서도 인기를 지속한 예는 거의 없다. 조지의 모델이며, 그레타 가르보와의 사랑으로 유명했던 존 길버트 역시 토키의 출현에 적응하지 못하고 알코올 중독에 빠져 지내다가 서른여덟에 심장마비로 사망했다. 대중들은 무성영화 스타의 목소리를 듣고 싶어 하지 않았다. 환상을 깨고 싶지 않았던 것일까. 역대 최고의 뮤지컬 영화로 불리는 1952년 작 〈사랑은 비를 타고〉는 이 시대의 해프닝을 코믹하게 그리고 있다.

영화를 보다가 든 의문점은 페피 밀러의 '순정'이었다. 무명에서 순식간에 인기 정상에 올라 스타가 되었음에도 끝까지 조지 발렌타인을 향한 사랑을 놓지 않았다는 것은 다분히 판타지로 보였다. "배우로 성공하려면 남과 다른 특별한 것이 있어야 한다"며 조지가 찍어준 애교점 때문이라던, 누군가의 말이 생각난다. 그 애교점을 볼 때마다 조지를 잊으려야 잊을 수 없는 거라고 했다. 유머 섞인 말이지만, 다분히 설득력이 있는 것 같다. 그렇긴 해도 이런 '순정'이야말로 시대착오적인(?) 이 흑백 무성영화에 꼭 어울리는 조합이리라. 과거의 스타를 향한 동경과 애정, 그리고 안타까움이 담긴 이런 마음이야말로 21세기에 흑백 무성영화를 탄생시킨 '고상한 마음'이 아니겠는가.

고요함이 그리운 시대, 선물과도 같은 이 영화의 아름다움에 한껏 젖어보시기를.

인생 영화가 있나요?

'브루클린'
존 크로울리 감독
2016 아일랜드 외

누구에게나 인생 영화가 있다. 아니, 있어야 한다. 삶의 어느 시기를 기억나게 하는 영화는 반드시 있는 법이다. 아니라면 얼마나 메마른 인생인가. 〈브루클린〉은 딸의 인생 영화다. 타지에서 혼자 직장 생활을 하던 20대 딸은 이 영화를 보는 내내 울고 또 울었다. 그래서 〈브루클린〉은 내게 못내 마음이 아린 영화다.

1950년대 아일랜드의 소도시에 살던 에일리스는 혼자 미국에 간다. 취업 이민이었다. 뉴욕 브루클린의 고급 백화점에서 일하게 된 그녀는, 향수병에 걸려 힘든 나날을 보낸다. 그래도 야간대학에서 공부하며 적응해가고, 자상한 이탈리아 남자도 만나게 된다. 하지만 갑작스런 언니의 부고로, 슬픔에 빠진 채 아일랜드를 찾는다. 고향의 익숙하고 푸근한 풍경이 그리웠던 그녀는, 머물기를 원하는 어머니를 두고서 다시 브루클린으로 떠날지 갈등에 빠진다. 고향에서 만난 아일랜드 남자와 어머니와 함께 살 것인지, 다시 머나먼 브루클린으로 돌아갈 것인지.

BBC 선정 '21세기 위대한 영화 100'에 포함된 이 영화는 아일랜드 작가 콜럼 토빈의 소설이 원작이다. 작가도, 감독도, 배우도 아일랜드 출신인 것이 흥미롭다. 그만큼 진실한 스토리와 연기, 연출이 마음을 끌어당긴다. 멜로드라마에 속하지만, 단순한 사랑 영화에 그치지 않는다. "멜로 속에 들어앉은 성장영화의 곧은 시선"이라는 평이 잘 드러내듯, 조용하고 수동적이던 소녀가 독립적인 주체로 성장해 나가는 이야기다. 또한, 아메리칸 드림의 꿈을 안고 미국으로 몰려들던 아일랜드 이민자들의 모습과 아픔이 담겨 있는 이야기이기도 하다.

〈어톤먼트〉로 14살에 아카데미 여우조연상 후보에 올랐던, 에일리스 역 시얼샤 로넌의 연기가 뛰어나다. 그녀의 깊이 있는 연기는 관객의 마음을 영화 속으로 끌어당겨 함께 울고 웃게 만든다. 토니 역 에모리 코헨의 연기도 매력적이고, 스타 배우 돔놀 글리슨의 연기도 좋다. 명배우 줄리 월터스와 짐 브로드벤트도 영화에 힘을 보탠다. 아카데미 작품, 여우주연, 각색상 후보에 올랐으며, 영국아카데미 작품상을 수상했다.

영화를 다시 보고, 타지에 사는 딸에게 전화했다. 예전에 함께 〈브루클린〉을 봤을 때 힘든 일이 있었냐고, 왜 그렇게 울었냐고 물었다. 딸은 "영화가 마음을 어루만져 주는 것 같았다"고 했다. 속내를 다 아는 친구처럼 위로해 주었다고. "인생이란, 새로운 곳에서 삶을 만들어가야 하는 것"임을 알았다고도 했다. 그렇게 인생 영화를 제대로 만난 딸은 씩씩하게, 고맙게 잘 살아가고 있다.

"당신의 과거와 아무 상관이 없는 사랑을 만나면 그때 알아챌 거예요. 여기가 내 삶이란 걸." 에일리스의 마지막 대사가 오래 마음에 남는다. 브루클린 다리 앞에서 미소짓고 있는 그녀의 모습과 함께.

"사랑하는 것들과 함께 봄기운으로 물들면, 거기가 집이다"라는 어느 평론가의 평이 따뜻하다. 태어난 곳에 살든 떠나왔든, 사랑이 있는 곳이 고향이고, 집인 것이다. '고향의 봄'이 아니라, 지금 사는 이곳의 봄을 노래해야 하리라.

로맹 가리 모자의 폭풍 같은 삶

'새벽의 약속'
에릭 바르비에 감독
2017 프랑스·벨기에

보고 나면 생각이 많아지는 영화가 있다. 이 영화가 그렇다. 〈새벽의 약속〉은 소설가 로맹 가리의 어린 시절과 청년 시절 이야기가 담긴 영화다. 로맹 가리와 엄마와의 관계를 주요 내용으로 하는, 자서전 형식의 소설을 영화로 만들었다.

러시아에서 폴란드로 이주해온 유태인 니나 예체프는 의상실을 꾸려나가며 온갖 고생을 다 한다, 유일한 가족인 아들, 로망 예체프에게 모든 희망을 걸고 산다. 우여곡절 끝에 의상실이 파산하자, 프랑스로 이주한다. 니스에 정착한 그들은 장사 수완이 좋은 엄마 덕분에 작은 호텔을 경영할 만큼 성공한다. 예나 지금이나 엄마의 관심과 염원은 오직 아들, 아들의 성공뿐이다. 법대에 진학한 그는 자유를 만끽하지만, 곧 2차 세계대전이 일어난다. 공군 조종사로 지원을 하고, 마침내 훈장까지 받는다. 소설가로도 이름을 알린다.

이 모든 것은 반드시 성공하겠다는 엄마와의 약속 때문이었다. 내성적이고 예민한 성격의 그는 화려한 업적 속에서도 고뇌와 번민에 시달린다. 하지만 자신을 향한 엄마의 뜨거운 사랑에 보답하기 위해 지난 시절을 회상하는 글을 쓴다. 소설「새벽의 약속」이다.

불같은 인생을 살다간 로맹 가리 모자의 이야기는 강렬했다. 두 시간이 짧을 만큼 흡입력 있고 흥미진진한 이야기였다. 연기파 배우 샤를롯뜨 갱스부르와 피에르 니네이, 두 배우의 열연 덕이기도 하다. 하지만 보고 나자 마음이 복잡해지고 생각이 많아졌다. 아들을 향한 그 지독한 사랑은 양날의 검이기 때문이다. 광기와도 같은 그 사랑은 외교관으로, 작가로 성공하게 한 동기이자 채찍질이었다.

하지만 그것은 빛인 동시에 어둠이었다. 내성적이고 예민한 성격의 그를 더욱 복잡하고 고뇌에 찬 인물로 내몰았기 때문이다. 로맹 가리는 평생 그 사랑에 갇혀있었던 것은 아닌지. "너는 외교관이 되고, 작가가 될 인물이야"라고 외치지만, 정직과 진실, 사랑의 고귀함 같은 것은 말해주지 않았다.

결국, 성공 이후에 어떻게 살아야 하는지는 가르치지 못한 셈이다. 영화에 나오지는 않지만, 그토록 화려한 이력을 뒤로 한 채 결국 로맹 가리는 자살한다. 정신적으로 문제가 있다는 것은 영화에서도 암시된다. 한물간 작가인 줄 알았던 노년의 로맹 가리가 실은 「자기 앞의 생」을 쓴, 촉망받는 작가 에밀 아자르란 사실은 또 어떤가. 그가 죽은 후에야 같은 사람임이 밝혀져 프랑스 문단을 발칵 뒤집어놓았다. 그는 정말 비밀스럽고 복잡한 내면을 가진 사람이었다.

천재 작가, 혹은 예술가들의 복잡다단한 삶을 들여다볼 때마다 느끼는 것은 평범한 삶이 행복하다는 것이다. 괴롭고 아픈 삶의 여정이 자양분이 되어, 훌륭한 작품이 탄생했음은 물론이다. 하지만 그들은 그래서 행복했는가. 꿈을 이룬 이후에 그토록 불행하다면 그게 다 무슨 소용일까. 이 말은 평범한 이의 자기 위안인지도 모른다. 하지만 꿈을 향해 나아가되, 꿈을 이룬 후 어떻게 살 것인가도 생각해볼 일이다. 그것은 지금 현재, 내 삶의 태도와 맞물려있는 것이리라. 그토록 바라는 성공은, 그 꿈은 무엇을 위한 것인가 말이다.

한 편의 영화가 꼬리에 꼬리를 물고, 참 많은 생각을 하게 한다.

여섯 살 프리다의
인생 적응기

'프리다의 그해 여름'
카를라 시몬 감독 2017 스페인

여름이 끝나가고 있다. 일상을 빼앗긴 잔인한 시절이나, 여름은 여전히 푸르고 아름다웠다. 코로나가 끝나지 않은 올해 여름은, 훗날 어떻게 기억이 될까? 원제가 〈1993년, 여름〉인 〈프리다의 그해 여름〉은 여름을 배경으로 한 영화 중 가장 청량하고 아름다운 영화일 것이다. 스페인 시골의 여름 풍경을 배경으로 아이들의 마음이 싱그럽게 반짝이는 무공해 영화다.

여섯 살 프리다는 정든 곳을 떠나 낯선 시골로 이사를 왔다. 아빠가 돌아가시고, 병석에 누워있던 엄마마저 세상을 떠나자 외삼촌 집에서 살아야 하기 때문이다. 외삼촌과 외숙모에게 사랑받고 싶은 프리다는 이런저런 말썽을 부린다. 프리다보다 어린, 친딸 아나를 더 사랑하는 것 같기 때문이다. 당돌하게 한밤의 가출까지 감행해보지만, 함께 누워 자신을 어루만져 주는 외숙모 앞에서 마음이 녹는 것 같다. 그렇게 조금씩 자신의 마음을 알아주고, 진짜 가족이 되어간다. 여름이 막 끝날 무렵, 개학 하루 전 외삼촌과 동생과 침대에서 장난을 치며 깔깔대던 프리다는 느닷없이 울음을 터뜨린다.

각본을 겸한 카를라 시몬 감독은 자신의 어린 시절 이야기를 영화로 만들었다. 솔직하고 담담하게 아이의 마음을 그려냈다. 영화의 기운은 맑고 싱그럽다. 녹음이 우거진 스페인 시골을 여행하고 온 기분이다. "아이들은 우리가 생각하는 것보다 더 많은 것을 이해한다"고 감독은 말한다. 하지만 "그걸 감당할 수 있는 능력이 있는 건 아니다"라고 덧붙인다.

어떻게든 외삼촌네에서 적응하려고, 사랑받으려 하고, 조금씩 사촌을 괴롭히기도 하다가 가장 행복한 순간에 울음이 터지는 이유를 어떻게 설명해야 할까? 낯선 곳, 낯선 상황에서 혼란스럽고 불안했던 아이가, 비로소 마음이 편안해진 순간에 터지는 울음이다. 놀란 어른들이 이유를 묻지만, 자신도 눈물의 이유를 모른다. 이건 아이에게만 해당되는 것이 아니다. 때로 자신의 감정 앞에서 당황스러운 것은 어른도 마찬가지다. 느닷없어 보여도, 다 이유가 있는 법이다. 우리는 그 감정을 알아차리고, 잘 어루만져 주어야 한다.

감독은 엔딩 자막에 '나의 엄마 네우스에게'라고 쓴다. 마치 돌아가신 엄마에게 자신의 아픔을 고스란히 이야기하는 것 같다. 1000:1의 경쟁을 뚫고 발탁되었다는 아이들의 연기가 뛰어나다. 아니, 그토록 자연스럽게 아이들의 연기를 끌어낸 감독의 역량이 뛰어나다. 베를린영화제 장편데뷔상을 받았으며, 스페인의 아카데미인 고야상에서 신인감독상, 신인여우상, 남우조연상 등을 받은 만큼 모든 연기가 자연스럽고 뛰어나다. 감독이 어린 시절 살았던 스페인 카탈루냐 지방에서 촬영했다.

프랑스 작가 프티콜랭은 「감정 사용설명서」에서 말했다. "슬픔은 삶의 다음 페이지로 넘어가는 과정"이라고. 진짜 가족으로 받아들여졌음을 안 프리다의 '폭풍 눈물'은 '삶의 다음 페이지'로 넘어갈 신호였던 것이다. 그렇게, 아픈 삶의 한 계단을 건넌 아이는 자라서 영화감독이 되었다. 슬픔이나 불안 같은, 외면하고 싶은 감정이 삶의 다음 단계로 가는 과정이라는 게 얼마나 큰 위로인지. 이 사실을 기억한다면 슬프고 아픈 삶의 순간들을 조금은 더 잘 견딜 수 있으리라. 여름이 막 끝나고 있다.

네게 줄 수 있는 건 이 노래뿐

'사랑하는 누군가'
페르닐레 크리스텐센 감독 2014 덴마크

가장 좋아하는 영화가 뭐냐는 질문을 들을 때가 있는데, 그럴 땐 조금 난감하다. 수시로 변하기 때문이다. 소위 '인생 영화'라 할 만한 것은 있는데 〈죽은 시인의 사회〉나 〈굿 윌 헌팅〉, 또는 〈아티스트〉나 채플린의 영화들 정도를 꼽을 수 있다. 보고 또 봐도 질리지 않는 영화들, 삶의 어느 지점에서 죽비처럼 마음의 어느 지점을 내리쳤던 영화들이다. 유럽 영화를 좋아한다고 말하기도 하는데, 영국이나 프랑스 영화를 자주 보기 때문이다. 그러다 문득 덴마크 영화를 제법 많이 봤고 또 좋아했다는 걸 알았다.

덴마크, 스웨덴, 아이슬란드, 노르웨이를 합해 스칸디나비아 영화라고 불리는 북유럽 영화들은 독특한 매력이 있다. 영화 시장은 크지 않지만 마치 하나의 나라처럼 교류가 활발하다고 한다. 스웨덴은 잉마르 베리만 감독과 잉그리드 버그만을 탄생시킨 나라지만, 덴마크에도 명감독과 명배우가 많다. 〈바베트의 만찬〉, 〈정복자 펠레〉, 〈브레이킹 더 웨이브〉, 〈로얄 어페어〉, 〈인 어 베러월드〉, 〈더 헌트〉 등등 명작들이 너무나 많다. 2021 아카데미 국제 장편 영화상을 수상했던 〈어나더 라운드〉 역시 덴마크 영화다. 볼 영화가 마땅찮을 때 세계 각 나라의 다양한 영화들로 눈을 돌리면 선택지가 풍부해져서 좋다.

베를린영화제에서 감독상을 받았던 페르닐레 피셔 크리스텐센 감독이 연출한 〈사랑하는 누군가〉는 음악영화다. 북유럽의 풍광과 분위기에 한껏 취할 수 있는 매력적이고 따뜻한 영화다. 인기 절정의 뮤지션이지만, 내면은 고독하고 까칠한 토마스가 딸과 손자를 만나면서 벌어지는 이야기다. 스웨덴 출신의 배우 미카엘 페르스브란트의 중후한 연기와 노래가 영화에서 눈을 떼지 못하게 한다. 덴마크 국민배우 트린 디어홈의 모습도 반갑다. 배경을 장식하는 덴마크의 풍경과 언어가 이색적이고 흥미롭다. 어느 매체는 "묵직한 연기에서 나오는 뜨거운 울림"이란 찬사를 보냈다. 제64회 베를린영화제 스페셜 갈라 부문 초청작이다.

이 영화는 시작과 끝이 같다. 하나의 장면이지만 수많은 일을 거쳤기에 그 느낌은 전혀 다르다. “술과 이혼, 마약이 없었다면 그토록 슬픈 사랑 노래를 쓸 수 있었을까요?”라는 인터뷰 질문처럼, 토마스의 삶은 어둡고 우울했다. 겉으로는 화려하지만, 한없이 고독했던 그의 삶을 건드린 건 관계였고, 혈육이었다. 시작과 끝에 달라진 게 있다면, 그를 바라보는 특별한 존재가 있다는 것. 그의 노래 가사처럼 “어디로 가는지, 한없이 어디로 가라앉는지” 모르던 그가 이제는 사랑하는 이를 위해 노래한다. 자유로운 떠돌이길 갈망하던 그가 기꺼이 관계의 끈에 자신을 묶게 되는 것이다. 나이만 들었지 철부지이던 애어른이 진정한 어른이 되는 이야기다. “우리는 죽을 때까지 사는 법을 새로 배워야 한다”는 말이 명언임을 깊이 새기게 된다.

“네게 줄 수 있는 건 마음을 담아 부르는 이 노래뿐”이라며, 환하게 미소짓는 엔딩이 마음을 따뜻하게 한다. 사랑하는 누군가가 지켜보고 있다는 것이 삶의 완성이고 노래의 완성일 것이다. 깊어가는 가을날, 사랑하는 누군가와 함께 보면 더 좋을 영화다.

제인 오스틴의 비밀스런 기쁨

'비커밍 제인'
줄리안 재롤드 영국 외 2007(2020 재개봉)

영화를 통해 작가의 삶을 들여다보는 것은 언제나 흥미롭다. 〈비커밍 제인〉은 영국인들이 셰익스피어 다음으로 사랑한다는 작가 제인 오스틴의 이야기다. 제인 오스틴의 소설은 모두 영화나 TV 드라마로 만들어졌다. 대표작 「오만과 편견」은 10번 이상 만들어졌다. 19세기 여성 작가의 소설이 왜 이토록 널리 사랑을 받을까.

영화는 작가 지망생 제인 오스틴과 가난한 변호사 톰 리프로이의 사랑 이야기다. 리젠시 시대의 풍습과 의상, 자연 풍광이 무척 아름답게 담긴 영화다. 존 스펜서의 「제인 오스틴:세상 모든 사랑의 시작과 끝」을 바탕으로 한다. 영화는 제인이 작가가 되기까지의 과정을 다룬다. 톰 리프로이를 만나 사랑에 빠지고 성숙해가는 이야기, 아픈 이별을 하고 작가로 거듭나는 내용이다. 제인 역 앤 헤서웨이와 톰 역 제임스 맥어보이의 연기가 매력적이고 조화롭다. 잔잔하고 아름다운 영화지만, 사랑 이야기에 치중한 것이 조금 아쉽다. 인간 제인 오스틴을 좀 더 알고 싶기 때문이다.

생전에 제인은 언니 카산드라와 엄청난 양의 편지를 주고받았다고 한다. 남자 형제들 틈에 자라 다분히 말괄량이 기질이었다는 제인은, 언니와의 편지에서 모든 것을 다 털어놓았던 것 같다. 제인 사후에 카산드라는 그 편지들을 모두 불태웠다. 편지들이 남아있었다면 인간 제인 오스틴의 모습에 좀 더 다가갈 수 있었을 텐데 아쉽다. 아마도 〈오만과 편견〉의 주인공 엘리자베스를 많이 닮았으리라.

영화를 보고 「오만과 편견」을 다시 읽으려고 찾았다. 책장을 뒤져봐도 없어, 서울 사는 딸에게 물으니 가져갔다고 한다. 코로나 탓에 여행을 못 해 독서 시간이 늘었다는 아이다. 젊은 세대가 제인 오스틴을 찾아 읽는 것이 반갑다. 제인 오스틴의 생명력은 이렇게 길다.

연휴에 다산초당에 다녀왔다. 강진에서 유배 생활을 하는 동안 수많은 책을 썼던 다산 정약용. 그의 흔적을 따라 좁고 험한 산길을 오르노라니 마음이 숙연해졌다. 영화 〈비커밍 제인〉을 보며 제인 오스틴과 다산이 비슷한 시기인 19세기를 살았다는 게 흥미로웠다.

다산은 유배 생활 동안 수백 권의 책을 썼고, 제인 오스틴 역시 집안 구석의 작은 탁자에서 대부분의 소설을 완성했다. 날개 꺾인 새처럼 한탄하며 살 수도 있는 인생인데, 둘 다 그러지 않았다. 후대에 와서 최고의 학자와 소설가로 평가받는 위치를 생각해보면 다산의 초당도, 제인의 탁자도 눈물겨울 만큼 소박하다. 그들의 정신세계만은 우주만큼이나 드넓게 유영했으리라. 그들의 작은 공간을 보면, 이런저런 핑계를 대지 못하겠다. 어쩌면 우리는(나는) 너무나 풍요로운 시대에 너무 많은 불평을 달고 사는 것 같다.

톰 리프로이와 아픈 이별을 하고, 제인 오스틴은 평생 독신으로 살았다. 나이 든 엄마와 역시 독신인 언니와 작은 집에서 살며, 변변한 수입도 없이 거실 한구석 탁자에서 소설을 쓰던 제인 오스틴을 생각한다. 영화 속 제인이 말한다. "제 주인공들은 여러 갈등을 겪은 후 원하던 모든 것들을 얻게 될 거예요." 그렇게 그녀는 자신의 소망을 소설에 담았다.

이름 없는 작가로 조용히 글을 쓰며, 소설 속 인물들과 함께했던 그녀의 비밀스러운 기쁨을 생각해본다. 제인 오스틴의 소설과 영화가 어울리는 계절, 가을이다.

'삐삐 롱스타킹'의 작가
린드그렌 이야기

'비커밍 아스트리드'
페르닐레 피셔 크리스텐센 감독
2018 스웨덴

「내 이름은 삐삐 롱스타킹」의 작가 아스트리드 린드그렌은 아흔 살에도 매일 글을 썼다고 한다. 할머니가 된 린드그렌이 타자기 앞에 앉아 글을 쓰는 모습의 사진이 있다. 얼핏 여려 보이는 얼굴 어디에 그런 강인함이 숨어있을까. 〈비커밍 아스트리드〉를 보고 난 후의 느낌이다. 세계에서 가장 유명한 동화 작가 가운데 한 사람, 스웨덴이 자랑하는 작가이며 존경받는 인물인 그녀는 젊은 날 엄청난 시련을 겪었다. 영화는 작가가 되기 이전, 가장 힘든 시절의 아스트리드를 그렸다.

행복한 어린 시절을 보내던 말괄량이 아스트리드는 10대에 미혼모가 된다. 보수적인 고향을 떠나 스톡홀름에 온 그녀는 혹독한 시기를 보낸다. 하지만 어떤 어려움에도 끝까지 아들을 포기하지 않는다. 크리스텐센 감독은 아이를 향한 사랑으로 시련을 이겨내는 아스트리드의 모성애를 세심하게 그려낸다. 배우들의 진정성 있는 연기가 영화의 깊이를 더하는데, 스웨덴 영화협회에서 작품상, 감독상, 여우주연상 및 남녀 조연상을 받았다. 인생의 중, 후반엔 존경받는 작가로 사는 린드그렌이지만, 젊은 날 아스트리드의 아픈 사연은 보는 이를 마음 졸이게 한다. 영화의 배경은 1920~30년대, 엄격하기 그지없는 스웨덴의 생활상을 보는 것도 이채롭다.

영화는 80세가 된 아스트리드의 생일을 축하하는 아이들의 편지로 시작한다. "아이들의 마음을 어떻게 그렇게 잘 아세요?" 카세트테이프에 담긴 아이들의 목소리는 영화 중간중간에 흘러나온다. 왕립 도서관의 아스트리드 린드그렌 기록물 보관소에는 7만 5천여 점의 편지가 있다고 한다. 그녀의 기록물들은 모두 유네스코 세계기록유산에 등재되었다.

단순한 작가를 넘어서 '클로카 굼마' 즉, 마음속에 묻어둔 상처나 고민을 털어놓을 수 있는 영적 조언자, 치유자로 불렸던 그녀다. 어둠과 좌절의 시기를 통과한 사람이기에 할 수 있는 역할이다. "만약 외롭고 슬픈 어린이를(우울한 어린 시절을) 한 번이라도 밝게 만들었다면 그걸로 만족한다." 수많은 감사 편지를 받은 그녀의 대답이다.

영화는 어린 아들과 고향에서 행복한 시간을 보내는 것으로 끝난다. 린드그렌과 결혼하고, 작가가 되는 것은 한참 후의 일이다. 대표작 「내 이름은 삐삐 롱스타킹」의 첫 출간은 1945년, 전쟁이 막 끝난 후였다. 힘든 시기에 더 밝고 씩씩한 이야기가 필요했는지, 사람들은 아이들만의 세상에서 유쾌하게 살아가는 이야기에 열광했다.

폐렴에 걸린 딸에게 들려준 이야기로 시작된 '삐삐 롱스타킹'은 세계적인 베스트셀러가 되었고, 영화나 TV 시리즈로도 사랑받았다. 백 편이 넘는 책을 쓴 작가일 뿐 아니라 아동 인권과 동물복지, 녹지 보호를 위해 목소리를 높였던 그녀는 아흔 살에 '올해의 스웨덴인'으로 선정되는 영광을 누렸다.

"나는 내 안에 존재하는 아이를 위해 글을 쓴다"고 했던 작가. 인생의 전반전이 힘겨웠던 만큼, 후반전이 더욱 빛나고 아름답다. 영화의 엔딩에 흐르는 아이들의 노랫소리가 마음을 울린다. "뛰어올라. 용감하게 뛰어올라. 절망에서 삶으로, 어둠을 지나 빛으로." 그렇게, 어둠이 깊을수록 빛은 더 밝은 법이다.

한 여인의 성장, 그리고 사랑의 의미

'성난 군중으로부터 멀리'

토마스 빈터베르그 감독
2015 미국 · 영국

좋은 영화의 조건을 생각해본다. 예술영화도 좋지만, 모름지기 영화란 재미가 있어야 하는 게 아닌가 싶다. 그렇다면 매력적인 이야기와 실력 있는 감독의 조합이라면 솔깃할 수밖에 없다. 〈성난 군중으로부터 멀리〉는 토마스 하디의 소설, 그리고 덴마크가 자랑하는 토마스 빈터베르그 감독의 만남이다. 19세기 영국의 전원 풍경과 함께 고전적인 사랑 이야기가 영화 보는 재미를 안긴다. 동시에 사랑의 본질적인 의미에 대해 생각하게 한다.

1870년대 영국 남부 웨식스, 독립적인 성품의 밧세바 애버딘을 둘러싼 세 남자의 사랑과 욕망의 이야기로, 토마스 하디에게 처음으로 상업적인 성공을 안긴 소설이다. '역사상 가장 위대한 러브스토리'(가디안), 「죽기 전에 꼭 읽어야 할 책 1001」(피터 박스올)에 선정되기도 했다. 여러 번 영화화되었으며, 토마스 빈터베르그 연출작은 타임지에서 뽑은 '2015 상반기 베스트 11'에 선정되었다. 영화에서는 소설 장면이 많이 생략되어 아쉽다. 하지만 밧세바와 오크, 두 주인공을 중심으로 한 사랑 이야기는 오히려 선명해졌다. '우정에서 사랑으로, 사람은 어떻게 성장하는가'에 대한 이야기라는, 어느 평론가의 말이 주제를 잘 드러낸다.

가장 눈길이 가는 장면은 밧세바가 성실한 양치기 오크를 거절하고, 매력적인 외모의 군인 트로이에게 빠져드는 것이다. 토마스 하디는 "트로이의 결점은 여성의 눈으로 간파할 수 없을 정도로 깊숙이 숨어 있다"고 말하며 "광산에 묻힌 보물과도 같은 미덕을 갖춘 수수한 오크와 대조적"이라고 표현한다. 오늘날 여자들이 '나쁜 남자'에게 빠져드는 사례를 확인하게 되는데, 19세기 남성이 이렇게 보편적 진리(?)를 펼쳐 보이니 작가의 통찰력은 역시 놀랍다. 고전의 힘이란 시대를 꿰뚫고 있다는 것을 새삼 확인한다. 오늘날 수없이 되풀이되는 이야기, 혹은 드라마의 원형이라 하겠다.

아름답고 똑똑하지만, 허영심이 있는 밧세바 역의 캐리 멀리간, 성실하고 한결같은 오크 역의 마티아스 쇼에나에츠, 트로이 역의 톰 스터리지 등 배역에 어울리는 인물들이 영화 보는 즐거움을 더해준다. 집착하는, 왜곡된 사랑을 보여주는 볼드우드 역 마이클 쉰도 역할을 충실하게 해낸다.

오랜 시간 많은 어려움을 겪은 오크와 밧세바의 사랑이 이루어지는 마지막 장면이 감동적이다. 서로의 마음을 확인하는 것으로 영화는 끝이 난다. 이후 결혼식 장면도 촬영했지만, 편집에서 잘려나갔다. 덕분에 기억에 남는, 더욱 매력적인 엔딩이 되었다. 〈더 헌트〉를 비롯한 토마스 빈터베르그 감독의 다른 작품들에 비해 뛰어나지는 않지만, 아름답고 보는 재미가 있는 영화다. 막 연애를 시작한 청춘남녀에게 보기를 권하고 싶은 영화다. 시대와 풍속의 차이에도 불구하고 말이다.

〈성난 군중으로부터 멀리〉라는 제목은 토마스 그레이의 시(1757년)에서 가져왔다. 산업혁명 이후의 요란한 도시를 떠나, 조용한 전원으로 떠나는 것을 상징한다고 한다. 하지만 성난 무리 같은 격동의 시간을 지나, 참된 내면의 소리를 듣게 되는 밧세바의 인생 여정을 상징한다고 해석해본다. 세상이 시끄러울수록 중요한 것은 진정한 내면의 목소리가 아니던가. 토마스 하디가 말하는 한 여인의 성장과 사랑의 의미, 그리고 '우정이 포함된 견고한 사랑'을 확인하시기 바란다. 영화로 재미있게 보고, 소설로도 읽는다면 한층 더 깊이 다가올 것이다.

길 위에서 만난 얼굴들, 장소들

'바르다가 사랑한 얼굴들'
아녜스 바르다, 제이알 감독
2017 프랑스

사진은 대상을 바라보는, 혹은 바라보게 하는 작업이다. 대상이 없이는 이루어지지 않는다. 그러므로 사진 찍기는 관계의 작업이자, 대상을 사랑한 것의 결과물인지도 모른다. 88세의 아녜스 바르다 감독은 33세의 사진작가이자 그래피티 아티스트인 JR(장 르네)과 함께 여행을 떠난다. 포토 트럭을 타고 길 위에서 만나는 사람들의 모습을 찍어, 거대한 사진으로 출력한다. 어마어마한 크기의 사진은 그들이 살거나 일하는 건물의 벽에 붙는다. 즉 얼굴과 벽과 거리가 예술 작품이 되는 것이다.

바르다와 JR의 관심은 시골 마을, 탄광촌, 버려진 건물, 노동현장 등이다. "우연은 최고의 조력자"라 말하며, 만나는 이들의 사진을 찍어, 작품으로 만든다. 자신의 얼굴이 담긴 대형 작품을 보는 사람들은 행복한 미소를 짓는다. 무엇보다 이들의 사진은 아름답다. 사진에 담긴 사람들의 인생 스토리와 삶의 터전인 건물, 벽들이 인물과 어우러져 커다란 감동을 안긴다.

"예술은 우리를 놀라게 하죠?" 이들의 작업을 지켜본 어느 노동자의 말이다. 오랜만에 예술의 의미에 대해 생각해본다. "책은 우리 안의 얼어붙은 바다를 깨뜨리는 도끼가 되어야 한다"라고 말한 이는 카프카였다. 예술이야말로 도끼가 되어야 한다면 어떨까. 꽁꽁 얼어붙은 마음을 깨어 그 속의 뜨거운 심장을 꺼내는 것이 예술이라면. 바르다와 JR의 사진들은 꽁꽁 얼어붙은 마음을 깨기에 충분해 보인다.

철거 예정인 탄광촌, 평생 살아온 집 건물 벽에 자신의 대형 사진이 걸린 것을 보고 울음을 터뜨리는 여인, 무엇이 강인해 보이는 이 여인을 울게 했을까? 어디서도 주목받지 못하던 나, 소외되어 있던 내가 주인공이 되는 순간의 감동이 아닐까? 누구나 자기 인생의 주인공이라지만, 대부분의 평범한 사람들은 누군가의 주목을 받을 기회가 좀처럼 없다. 바르다와 JR은 거대한 크기의 인물 사진을 벽에 붙임으로 새로운 미학을 창조한다. "당신은 이렇게 특별한 존재입니다"라고 말하는 것 같다.

감동이 흔치 않은 요즘, 여행과 사람과 사진이 함께 어우러져 보는 이를 따뜻하게 만든다. 어느 공장에서는 만나기 힘든 밤 작업조와 낮 작업조를 각각 찍어 서로를 향해 손짓하는 사진을 붙인다. 파업 중인 항만 노동자들의 아내 사진을 찍어, 대형 컨테이너를 쌓아 올려붙이기도 한다. 마치 남편들을 지키는 여신, 수호신 같다.

이들의 예술은 사람을 위로하고 격려한다. 평범한 사람들 속에 들어가 그들의 삶의 흔적을 살피고, 자신들의 방식으로 어루만지고 위로한다. 예술이 소수의 전유물이 아니라, 누구나 누릴 수 있는 것임을 알려준다.

바르다 할머니를 보고 나니 새로운 꿈이 생겼다. 내 나이 80일 때도 바르다처럼 만나는 사람들을 위로하고 격려하는 일을 하고 싶다는 꿈. 30년이나 남았으니(살아있다면), 발전하고 성숙할 시간이 얼마나 많은가. 이런 생각을 하니 마음이 흐뭇해진다. 80이 되어도 여전히 할 일이 있을 거라는 것. 가던 길을 멈추거나 퇴보하지 않는 한 말이다.

영화를 보면 '누벨바그'의 대표적인 감독, 장 뤽 고다르를 언급하는 것이 나온다. 그는 끝내 모습을 보이지 않는다. 그를 만나러 먼 길 온 옛 친구 바르다를 결국 만나지 않는다. 바르다는 소녀처럼 뾰로통하며 속상해한다. 옛 추억, 특히 세상을 떠난 남편이 생각나 눈물짓기도 한다. 그녀의 남편은 〈쉘부르의 우산〉을 감독했던 자크 드미 라는 사실이 흥미롭다. 생각해보면, 끝내 모습을 보이지 않은 신비주의 컨셉의 거장 장 뤽 고다르보다,

만나는 이들의 이야기를 듣고, 위로하고, 그들의 가치를 일깨워 주는 바르다가 훨씬 멋진 것 같다. "죽음이 두려우냐"는 질문에 "오히려 기다려진다"는 그녀처럼 늙어가고 싶다.

영화의 원제목은 영어로 〈Faces, Places〉다. '얼굴들, 장소들' 정도가 되겠다. 〈바르다가 사랑한 얼굴들〉이란 한글 제목이 훨씬 정겹고 어울린다. 바르다와 JR은 만나는 이들을 사랑하고 축복했다. 진심이 담겼기에 감동을 안긴 것이다.

77회 베니스국제영
은사자상 감독상
그렇게 난,
스파이의 아내가 되기로 했다。
〈도쿄 소나타〉
구로사와 기요시 감독
·
아오이 유우
스파이의 아내
スパイの妻
2021.03.25

THEATER

TWO

산다는 것은 성장한다는 것

포스터 출처 : 스파이의 아내 _ 엠엔엠인터내셔널

“구로사와 기요시 감독의 영화 중 가장 대중적”이란 평처럼 영화는 시종일관 흥미진진하다. 일본 영화잡지 키네마준보가 꼽은 2020 최고의 영화로, NHK TV에 방영된 작품의 극장판이다. 격동의 시대, 내부자의 시선으로 본 독특한 전쟁 비판 영화라 할 수 있다.

사랑의 방식에 대하여

'러브앳'
위고 젤렝 감독 2019 프랑스 · 벨기에

영화마다 제목의 의미는 각별하다. 〈러브앳〉의 영어 제목은 〈Love at Second Sight〉다. 'Love at First Sight'는 첫눈에 반한다는 뜻이니, 두 번째 사랑에 빠진다는 뜻이겠다. 프랑스의 원래 제목은 〈Mon inconnue〉인데 '나의 낯선 여인에게'라는 뜻이다. 베스트셀러 작가가 평행 세계에 빠져보니, 자신은 별 볼 일 없는 존재가 되어있고 부인은 잘 나가는 피아니스트가 되어 있더라는 이야기다. 문제는 부인이 자신의 존재를 모른다는 것이다. 낯선 사람이 된 부인의 사랑을 되찾기 위해 고군분투한다는 판타지 영화인데, 프랑스판 로맨틱 코미디를 보는 재미가 쏠쏠하다.

파리의 명소들과 유명한 가보극장, 그리고 남프랑스 카마르그의 바다 등 배경이 무척 아름답다. 프랑수아 시빌과 조세핀 자피를 비롯한 배우들의 연기가 조화롭고, 바흐, 리스트, 쇼팽의 음악들이 화면과 아름답게 어우러진다. 특히 마지막 장면에 쇼팽의 '즉흥 환상곡'이 영화의 감동을 더 한다. 치매 할머니 역할을 한 에디뜨 스꼽의 모습도 눈길을 끄는데, 이제는 고인이 된 배우의 마지막 연기다. 각본, 감독, 제작을 겸한 위고 젤렝은 "사랑에 빠지기를 꿈꾸거나 첫사랑을 기억하는 이들에게 감동을 주고 싶었다"고 했다. 결국, 모든 이를 위한 영화인 셈이다.

영화를 보고 가장 인상적인 것은, 이기적인 주인공이 참된 사랑의 의미를 깨닫고 자신의 욕심을 내려놓는 마지막 장면이다. 내가 원하는 것이 아니라 상대방이 원하는 것, 그의 행복을 바라는 것이 진짜 사랑이다. 사랑하는 이의 가장 빛나는 순간을 목격한 주인공은 그녀의 행복을 위해 기꺼이 자신의 꿈을 포기한다. 베스트셀러 작가로 돌아가는 것을 포기하는 것이다.

어느 평론가는 이 영화를 "사랑을 바라보는 방식에 대한 것"이라고 했다. 그렇게 사랑은, 나의 방식이 아니라 너의 방식인 것이다. 내가 원하는 것을 하는 것이 아니라 네가 원하는 것을 기쁘게 해주는, 그것이 진짜 사랑이다. 우리는 너무 함부로 사랑을 말하고 있지 않은지.

오랜만에 고전적인 사랑의 의미를 생각하게 하는 영화다. 마음을 따뜻하게 하는 감성적인 로맨틱 코미디를 통해, 사랑의 의미에 대해 다시 한번 생각해봤으면 좋겠다. 너무 익숙해서 당연하게 여기는 내 곁의 사람들을 돌아보게 될 것이다.

그나저나 평행우주란 게 과학적으로 근거가 없지는 않다는데, 지금 이곳과 똑같은 또 다른 세상이 존재한다면 어떨까? 현재 내 모습과는 다른 또 하나의 내가 존재한다면 어떨지 묘한 생각이 든다. 영화를 보고 나면 저 유명한 장자의 '호접몽'이 생각날 수도 있다. 나비 꿈을 꾸었는데 깨어보니 내가 나비 꿈을 꾼 건지, 나비가 내 꿈을 꾸는 건지 모르겠더라는 것.

현실적인 사람은 이런 영화를 좋아하지 않을 수도 있겠다. 하지만 판타지 영화도 마다하지 않는 나는, 또 다른 장자의 말을 커다란 위안으로 삼는다. "쓸모없음이 있어 쓸모있음이 있다"는 것 말이다.

쓸모로 따지자면야 영화만큼 쓸모없는 것이 어디 있을까? 하지만 쓸모있는 것, 실용적인 세상을 잘 살아내기 위해 기꺼이 쓸모없는 영화를 본다. 영화는 인생에서 꼭 필요한, 삶의 쉼표이자 여백의 공간이 아니던가.

인생도 와인도
숙성이 필요한 법

'부르고뉴, 와인에서 찾은 인생'
세드릭 클라피쉬 감독 2017 프랑스

한 잔의 와인을 마신다. 입에 머금고 잠시 눈을 감으니, 방금 본 영화의 배경인 부르고뉴의 드넓은 포도밭이 펼쳐진다. 〈부르고뉴, 와인에서 찾은 인생〉, 이 영화를 보고 나면 반드시 와인이 마시고 싶어진다. 그리고 어느 때보다 그 빛깔과 향기를 음미하며 마시게 된다. 와인과 크게 친하지 않은 나도 한 잔을 하지 않을 도리가 없었다. 와인 애호가라면 더욱 놓치지 말아야 할 영화다.

주인공 장은 아버지가 위독하다는 소식을 듣고 10년 만에 부르고뉴에 돌아온다. 아버지의 와이너리를 물려받기 싫어 떠났던 고향이다. 아버지와의 갈등, 시골에서의 갑갑함이 그를 떠나게 한 것이다. 돌아온 장은 계획과 다르게 고향에서 1년을 머물며 와인 만드는 과정에 참여하게 된다. 동생들과 함께 울고 웃으며, 포도를 수확하고 와인을 만든다. 끈끈한 가족애를 느끼며, 어느새 이곳에 도착할 때와 달라져 있는 자신을 발견한다. 프랑스판 〈리틀 포레스트〉란 표현 그대로다.

그토록 갑갑해하던 고향은 여전하다. 하지만 이곳을 바라보는 그의 눈길은 달라져 있다. 어린 시절의 추억이 고스란히 남아있는 곳이다. 이곳에서 자신의 어린 시절을 만나고, 상처 입었던 자신을 꼭 껴안아 준다. 비로소 아버지와 아니, 자신과 화해한다. 고향에서의 1년 동안 자신도 와인처럼 숙성되고 성장한 것이다. 그는 사랑도 와인처럼 숙성이 필요한 것임을 깨닫는다. 그래서 사랑하지만, 서로에게 고통을 주었던 연인과의 관계를 풀어나간다. "사랑도 와인처럼 시간이 필요해. 잘 숙성되면 상하지도 않아"라고 말한다.

아름다운 부르고뉴의 풍광, 그리고 포도 수확부터 시작해서 와인을 제조하는 과정이 스크린에 고스란히 담겨 있는 것이 가장 큰 매력이다. 영화의 배경 부르고뉴는 보르도와 함께 프랑스 와인의 양대 산맥을 이룬다. 강렬한 맛의 보르도와 달리 부르고뉴 와인은 복잡하고 섬세한 맛이라고 한다. 영화 속 대사는 이렇다. "줄리엣과 똑같아."

오빠 장 대신 와이너리를 책임진 여동생 줄리엣처럼 복잡하고 섬세한 맛이라고 말한다. 5년 이상 오래 보관해야만 마실 수 있는 와인을 생산한다니 '숙성'을 유달리 강조하는 이유가 있는 셈이다. 영어식으로 '버건디'라 불리는 부르고뉴 와인은 '와인의 종착지'라 불릴 만큼 애호가들이 사랑하는 와인이다. 1954년산 '로마네 꽁띠' 1병이 소더비 경매에서 6억에 거래된 사실도 유명하다.

제임스 딘 주연의 〈이유 없는 반항〉을 볼 때가 생각난다. 이유 없는 반항은 없다며, 대개 부모와의 관계가 문제라고 말하자, 함께 본 분이 말했다. "아버지와 관계가 좋은 아들은 없다"고. 나이가 들어 이해할 뿐이라고 했다. 일리가 있는 말이다. 나이가 들어야 이해할 수 있는 것들이 있는 모양이다.

영화 속 장은 어린 아들을 침대에 누이고 재우다가, 어린 자신을 재우던 아버지의 모습을 본다. 지금의 자신과 똑같은 아버지의 모습이다. 병든 아버지의 손을 잡고 울던 그는, 자신에게 부치지 않았던 아버지의 편지를 발견하고 부정을 느낀다. 그리고 장남인 자신을 유독 몰아세우던 아버지를 이해하게 된다. 아버지와의 관계, 형제간의 갈등을 보면 사람의 감정은 국경을 초월하여 똑같다는 것을 알 수 있다. "프랑스 사람이나 우리나 똑같네." 영화를 함께 봤던 이의 소감이다.

와인은 사실 참 고마운 존재다. 혈액순환을 돕고 노화를 늦추며 암, 치매 예방 등등의 유익한 성분을 가진 것으로 알려져 있다. 어디까지나 1, 2잔 마셨을 경우 효력을 발휘하는 것이지만 말이다. 생각해보면 영화도 와인도 삶을 풍요롭게 하고, 행복하게 하는 고마운 존재다. 혼자여도 좋고, 여럿이 함께하면 더 좋다는 점에서 닮은 데가 있다. 그래서 영화와 와인은 참 어울리는 한 쌍이기도 하다.

한 잔의 와인과 함께 좋은 영화 한 편으로 피로를 풀고, 다시 내일을 살 에너지를 얻었으면 좋겠다. 아무래도 와인과 친해질 것 같은 예감이 든다.

우리가 이토록 불완전하지 않다면

'아임 유어 맨'

마리아 슈라더 감독 2021 독일

제71회 베를린영화제(2021)는 남녀를 구분하는 연기상을 폐지하고, 〈아임 유어 맨〉의 마렌 에거트에게 주연연기상(은곰상)을 수여했다. 그녀가 연기하는 알마는 박물관에 소속된 고고학자로 고대문자를 연구한다. 영화는 알마가 참여한 3주간의 실험을 다루는데, 그 실험이란 인간을 위한 휴머노이드 로봇과의 동거다. 3주 후, 그녀만을 위한 맞춤형 로봇과 함께 한 실험 결과를 보고하게 되는 것이다. 자신의 연구 외에 다른 것에는 관심을 두지 않던 알마는 로봇 톰과 생활할수록 혼란에 빠지고 그녀의 삶은 변화하게 된다.

로봇을 주인공으로, 동반자로 하는 SF영화는 많다. 이 영화가 독특한 점은 지적인 여성이 주인공이고, 상대 로봇이 남자라는 점, 그리고 로맨틱 코미디임에도 철학적 사유가 있다는 것이다. 코미디를 표방함에도 독일 영화답게 꽤 진지하다. 엠마 브라슬라브스키의 단편이 원작인데, 〈파니 핑크〉의 배우로 유명한 마리아 슈라더가 각본을 쓰고 연출했다.

OS(운영체제)와 사랑에 빠지는 〈그녀 Her〉(2013)와 비교되는데, 사람이 아닌 줄 알면서도 사랑하게 되는 것이 닮았다. 파트너인 상대 기계(?)가 계속 업그레이드되는 점도 같다. 하지만 톰은 사람과 구별되지 않는 휴머노이드 로봇이다. 눈에 보이지 않는, 목소리와 사랑에 빠지는 것과는 차원이 다르다. 현대인의 절절한 외로움을 다루는 점은 닮았으나, 〈아임 유어 맨〉이 좀 더 낭만적이고 희망적이다. 영화 전반에 흐르는 유머 덕분이기도 하다.

영화는 시적인 요소들이 곳곳에 있다. 알마는 고대문자를 통해 고대에도 시와 같은 상징이 있었음을 연구한다. 좋아하는 시가 뭐냐는 말에 로봇 톰은 릴케의 '가을날'을 말한다. 인간의 외로움과 방황을 아름답게 드러낸 시다. 영화가 결국 말하고 싶은 것은 이것이다. 그런 불완전함이야말로 인간을 인간답게 하는 거라고. 에픽 페일(Epic Fail), 즉 실수를 모아둔 비디오를 보여주는 장면도 그 점을 말한다.

완벽해 보이는 겉모습에 나약함을 감추고 있던 알마는, 자신의 껍질을 하나하나 벗어던지게 된다. 그리고 로봇 파트너를 반대하는 보고서를 쓴다. "이룰 수 없는 그리움, 상상력, 행복에 대한 추구와 갈망이 인간성의 원천"이라고 말한다. 원하는 모든 것을 충족시킬 휴머노이드 배우자를 허용한다면 중독자들의 사회가 될 거라고, 나태하고 지친 사람들이 되어 변화할 수 없을 거라고.

시간을 착각해서 중요한 모임에 늦은 어느 날, 이 영화는 꽤 위로가 되었다. 평소 실수를 싫어하고 수치스러워했지만, 인간이니까 그럴 수 있는 거라고 너그럽게 자신을 토닥이게 되었다. 우리가 이토록 불완전하지 않다면 사랑도, 관계도 필요 없을지 모른다. 서로의 불완전함을 측은히 바라보며 허용하는 것이 지금 우리가 해야 할 일이 아닌지. 인간을 통찰하게 하는 이 영화, 참 좋다.

한 여인의 슬픈 초상화

'스파이의 아내'
구로사와 기요시 감독 2020 일본

누군가의 아내라는 건 참 애매한 정체성이다. 〈스파이의 아내〉는 남편이 애국자면 애국자의 아내로, 매국노면 매국노의 아내로 살고자 했던 한 여인의 슬픈 초상화다. 일본 호러영화의 대가라 불리는 구로사와 기요시 감독의 작품으로 베니스영화제 은사자상(감독상)을 받았다. 〈드라이브 마이 카〉로 칸영화제 각본상을 받은 하마구치 류스케 감독이 각본을 썼다.

전운이 감도는 1940년 일본, 무역상 유사쿠는 사업차 간 만주에서 일본군의 만행을 목격하고 세상에 알리려 한다. 조카를 통해 일본의 생체실험 자료를 영어로 번역, 미국에 건너가려는 것이다. 이 사실을 안 아내 사토코는 반대하지만, 증거가 담긴 필름을 보고 나서 남편을 돕기로 한다. 일본의 군국주의는 갈수록 위세를 떨치고 둘은 함께 망명을 계획한다.

"구로사와 기요시 감독의 영화 중 가장 대중적"이란 평처럼 영화는 시종일관 흥미진진하다. 일본 영화잡지 키네마준보가 꼽은 2020 최고의 영화로, NHK TV에 방영된 작품의 극장판이다. 격동의 시대, 내부자의 시선으로 본 독특한 전쟁 비판 영화라 할 수 있다.

이 영화는 제작비 마련에 어려움을 겪었다고 한다. 그 나라에 과거사 비판은 아직 설 자리가 별로 없는 것이다. 투자에 참여하고 방영한 NHK가 대단하다고 하겠는데, 그것이 영화의 한계이기도 하다. '코스모폴리탄'으로서 유사쿠는 일본의 전쟁범죄를 강력하게 비판하지만, 그의 아내 사토코는 전쟁의 피해자임을 분명히 하고 있기 때문이다. 가해자이면서 피해자이기도 하다는 인식은 아직 갈 길이 멀다는 뜻이다. 감독 또한 내한 인터뷰에서 "한국인들이 보기엔 부족하다는 걸 알지만, 이 정도 이야기하는 것도 무척 힘들었다"고 밝히고 있다.

감독은 "사회와 개인은 어떻게 공존하는가, 혹은 어떻게 대립하는가"가 작가로서의 테마라고 말했다. 이 영화의 인물들 역시 시대에서 자유로울 수 없다. 불의한 사회와 공존하려는 자는 점점 악인이 되어가고, 대립하려는 자는 비극을 겪는다. 유순하던 타이지는 군인으로의 임무에 충실할수록 잔인해지고, 대립하려던 유사쿠는 비극적인 결말을 맞이한다. 공존도, 대립도 아닌, 단지 남편과 함께하려던 사토코 역시 좌절과 고통을 겪는다.

시대적 한계이긴 하지만 “당신이 스파이라면 스파이의 아내가 될게요”라는 말 속에 이미 비극의 씨앗이 숨어있다. 우주의 중심이 남편이기 때문이다. 여자는 남편과 함께 하는 것에 전부를 걸었지만, 남편은 그게 아니었다. 누군가의 아내 역할만 충실히 하려 할 때 어떤 구멍이, 허망함이 있을 수밖에 없지 않을까.

이 영화는 시대극이지만, 뛰어난 심리스릴러이기도 하다. 시종일관 히치콕의 후예다운 서스펜스가 넘친다. 명감독들이 히치콕을 말하는 다큐멘터리 영화 〈히치콕 트뤼포〉(2015)에는 구로사와 기요시 감독도 등장한다. 그만큼 세계적으로 인정을 받는 스릴러의 대가다. 그의 걸작 스릴러 〈큐어〉(1997)는 25년만에 정식으로 국내 개봉되었다. 뛰어난 스릴러 영화를 찾아보는 것도 좋은 여름나기가 되겠다.

신념의 감옥에 갇힌 어느 소년 이야기

'소년 아메드'

다르덴 형제 감독 2019 벨기에·프랑스

일 걱정에 잠을 설쳤다. 새벽에 깨어 국화차 한 잔을 마신다. 찻잔에 꽃들이 활짝 피어있다. 마음이 맑아지는 것 같다. 좋은 영화를 찾다 지칠 무렵 다르덴 형제 감독의 영화를 본다.

〈자전거 탄 소년〉을 다시 보고, 〈소년 아메드〉를 본다. 두 영화는 전혀 다른 영화지만 어딘가 닮은 데가 있다. 우선 소년이 주인공이라는 것, 둘 다 대상을 향한 열망으로 가득하다는 것. 〈자전거 탄 소년〉은 자신을 버린 아빠를 향한 열망이었는데, 아메드는 자신이 믿는 신앙, 혹은 신념으로 불타오른다. 무엇보다 순진한 10대 소년들이 보는 이를 조마조마하게 만든다는 것이 닮아있다.

〈소년 아메드〉는 평범한 무슬림 소년이 종교 원리주의에 빠져 극단적인 행동을 하는 이야기다. 이웃에 사는 종교지도자 이맘의 잘못된 가르침 탓에 자신이 배교자를 처단하려고 한다. 문제는 이 배교자가 어릴 때부터 자신을 가르치던 돌봄교실의 선생님이라는 것이다. 미수에 그쳐 소년원에 가게 되지만 영화가 끝날 무렵에도 그에게 변화는 보이지 않는다. 농장의 소녀를 만나 살짝 흔들리는 것 같지만, 열세 살 소년은 과연 그릇된 신념의 감옥에서 나올 수 있을까.

언제나 그렇듯 다르덴 형제 감독의 영화는 담백하면서도 깊이가 있다. '네 개의 눈을 가진 한사람'이라 불리는 장 피에르 다르덴과 뤽 다르덴 형제는 늘 함께 영화를 만든다. 그리고 '지금 이 순간, 현실의 이야기'를 대상으로 한다. 칸영화제 황금종려상을 안겼던 〈로제타〉가 청년 실업 대책인 '로제타 플랜'을 만들게 했으니, 영화의 힘을 실감할 수밖에 없다. 〈소년 아메드는 가장 첨예한 문제를 소재로 하는 그들이 마땅히 주목할 만한 이야기인 것이다. 늘 그렇듯이 어두운 현실을 말하면서도 작은 희망 하나를 놓치지는 않는다. 〈소년 아메드〉의 빛은 어느 때보다 희미하게 보이지만 말이다.

복잡한 인간사, 세상사의 첨예한 문제를 깊이 있게, 투명하게 담아낸 감독이 놀라울 뿐이다. "다르덴 형제의 영화적 우주는 끝없이 광대하다"라는 뉴욕타임즈의 찬사가 과장이 아닌 듯하다. '칸이 사랑하는 감독'이라는 수식어답게 황금종려상 2회를 비롯해 수많은 상을 받은 다르덴 형제 감독. 그들의 예리한 시선이 담긴 이 영화는 칸영화제에서 감독상을 받았다(황금종려상은 〈기생충〉이었다).

오랜만에 깨어있는 새벽, 따스한 국화차를 마시며 생각해본다. 종교란 게 좁게는 내면의 평화, 넓게는 이웃과 세상을 사랑하는 것 외에 뭐가 있을까. 어느 종교이건 예외가 아니다. 근본주의는 자신의 신념 외에 다른 것은 모두 틀렸다는 것이다. 자신이 만든 차가운 감옥에 꽁꽁 둘러싸여 있는 것이다. 마치 〈겨울왕국〉의 엘사처럼 말이다. 어디 종교만 그럴까.

그들이 간절히 바라는 것은

'디판'
자크 오디아르 감독 2015 프랑스

제68회 칸영화제 황금종려상에 빛나는 영화를 뒤늦게 봤다. 〈예언자〉와 〈러스트 앤 본〉으로 유명한 자크 오디아르 감독의 영화는 언제나 강렬하다. 거친 겉모습 속에 부드러운 속마음을 감춘 인물들이 등장한다. 야생동물 같은 인물들의 이야기 속에 진한 서정성이 깃들어있고, 절망 속에서도 살아 숨 쉬며 부대끼는 인간들이 있다. 유럽 난민 문제를 다룬 〈디판〉 역시 예외가 아니다.

주인공은 스리랑카 내전을 피해 디판이라는 인물의 신분증을 구한다. 처음 보는 여인과 소녀를 데리고 가족으로 위장해서 프랑스에 간다. 파리 외곽에 일자리를 구한 그들은 가족 행세를 하며 지내는 동안 서로를 조금씩 의지하게 된다. 하지만 갱들이 판치는 그곳 역시 전쟁터나 마찬가지임을 알고 좌절한다. 타밀 반군의 전사였던 주인공은 새로운 가족을 지키기 위해 또 하나의 전투를 한다.

각본을 겸한 감독은 카페에서 꽃 파는 이들을 보고 어디서 왔는지가 궁금했다고 한다. 이것이 이야기의 출발이었다. 이 영화로 세자르영화제 남우주연상 후보에 오른 안토니타산 제수타산은 실제로 카밀 반군 출신이다. 상처 입은 호랑이 같은 그의 표정은 다른 배역들의 생생한 연기와 더불어 영화에 몰입하게 하는 동력이다.

어둡고 암울한 분위기와 폭력 속에서 흐르는 비발디의 종교음악(Nisi Dominus)은 숭고하기 그지없다. 어두운 영화임에도 어딘가 성스러운 기운이 느껴지는 건 음악의 힘이다. 그리고 안식처를 찾아 헤매는 이들의 간절한 마음과 기도 때문이다. '가장 현실적인 문제에 가장 드라마틱한 화법'이라는 평을 듣는 감독의 이야기는 예술영화가 일반적으로 갖는 지루함을 뛰어넘어 시종일관 마음 졸이며 지켜보게 된다.

영화의 엔딩은 영국으로 건너가 행복한 일상을 누리는 모습이다. 영화 내내 어둡다가 갑자기 환해지는 장면은 판타지 같다. 현실인지 아닌지 헷갈리는 게 당연한데, 난민들에게 그런 해피엔딩은 기적이나 다름없기 때문이다. 그걸 알면서도 그렇게 눈부신 해피엔딩은 주인공의 꿈 아니, 감독의 꿈일 것이다. 그런 희망 한 자락이, 감독의 마음이 눈물겹다.

현실적으로 보면 철저히 판타지일 수밖에 없는 이 해피엔딩은 주인공의 마음속 꿈을 펼쳐 보인 건지 모르겠다. 영화에 종종 등장하는 밀림 속 코끼리 모습처럼 말이다. 사랑하는 여인을 구한 순간, 남자의 상상일 수도 있겠다. 하지만 상상이라 해도 사랑을 얻은 순간이 바로 안식처를 찾은 게 아니던가. 처음 정착한 마을 이름인 '작은 초원(르 프레)'처럼.

오랜만에 감동적인 영화를 보고 생각이 많아졌다. 마음이 복잡할 때면 늘 그러듯 베란다에 나가 화초를 정리했다. 시든 잎과 웃자란 잎들을 떼어내고 병든 줄기들을 잘라냈다. 봄을 노래하듯 활짝 핀 꽃들을 한참 보다가 저녁을 먹었다. 꽃게 넣은 된장찌개를 끓여 밥을 먹다가 새삼 깨달았다. 이런 일상의 작은 행복이 당연한 것이 아님을.

영화의 마지막 장면은 그들도 소박한 행복을 누릴 권리가 있다고 말하는 것 같다. 우리는 일상의 작은 행복에 얼마나 눈부셔하고 있는가? 그들이 간절히 바라는 것을 이미 다 가지고 있는데도.

세상의 모든 엄마들을 위하여

'툴리'
제이슨 라이트맨 감독 2018 미국

집안 정리를 하다 오래된 편지뭉치를 발견했다. 대학 시절부터 신혼 초까지 친구들과 주고받은 편지다. 까맣게 잊고 있던 옛날 일들이 떠오르고 친구들이 그리워졌다. 신혼 초까지 이어진 편지는 아이를 낳은 뒤부터 끊어져 있었다. 아이를 낳는다는 건 그때까지의 세상과 단절되는 것을 의미한다. 편지를 쓰고 있을 시간은 당연히 없다. 영화 〈툴리〉는 전쟁과 같은 육아현장의 생생한 보고서다. 여성이 엄마가 된다는 게 얼마나 큰 대가를 요구하는 것인지를 실감 나게 보여준다.

아이 둘의 엄마 마를로는 셋째를 임신 중이다. 아직은 엄마 손이 많이 필요한 딸과 선천적으로 예민한 아들, 육아와 살림에

무지한 남편 사이에서 힘겨운 나날을 보낸다. 셋째를 낳고 몸도 마음도 지친 마를로에게 오빠가 구원의 손길을 보낸다. 야간 보모를 구해준다는 것. 한계 상황에 부딪힌 마를로는 툴리라는 이름의 야간 보모를 맞이하고 많은 것이 바뀐다. 툴리는 단순히 아이만 돌보러 온 것이 아니라, 마를로를 돌보러 왔다고 한다. 툴리 덕분에 마를로는 잃어버린 자신을 찾고 평화를 찾는다.

영화를 보고 나서 육아에 전념하던 옛날을 떠올려봤다. 밤마다 잠을 설친 것은 물론, 울어대는 아이 앞에서 쩔쩔매던 기억이 어렴풋이 떠올랐다. 사실 그 시절을 어떻게 버텨 왔는지 기억이 잘 나지 않는다. 분명한 것은 어쨌든 지나왔다는 것, 그리고 품 안의 아이들은 이제 곁을 떠났다는 것이다. 각자의 길을 가고 있는 지금도, 아이들 생각을 하면 마음이 저리고, 절로 기도하는 마음이 된다. 자식만큼 우리를 울고 웃게 만드는 게 또 있을까. 세상에 아이를 낳고 기르는 일만큼 귀한 일은 없다. 그리고 그만큼 고달프고 힘든 일이기도 하다.

이 영화는 절대 혼자 보지 말기를. 특히 미혼의 아가씨 혼자 보는 건 금기사항이다. 결혼도, 육아도 더욱 기피하게 될 테니까. 그만큼 사실감이 넘치는 영화다. 물론 영화니만큼 극적인 효과를 위해 과장된 부분도 없지 않다. 하지만 현실적인 육아의 고충, 특히 산후우울증을 이토록 생생하게 그린 영화는 없었던 것 같다. 이것은 20㎏ 이상 살을 찌우며, 망가지기를 두려워하지 않은 배우 샤를리즈 테론의 힘이 크다. 보모 툴리 역의 배우 맥켄지 데이비스의 밝고 사랑스러운 연기도 영화를 빛나게 하는 요소다.

또한, 자신의 육아 경험을 바탕으로 생생한 이야기를 창조한 각본가 디아블로 코디의 공헌이 크다. 실제로 산후우울증에 시달렸던 그녀는 야간 보모를 고용한 후 모든 면에서 평화를 찾았다고 한다. 이 영화는 반드시 남편 혹은 장래 남편감과 함께 봤으면 좋겠다. 영화는 차고 넘치지만, 세상에 꼭 필요한 영화가 아닐까 한다. 삶에 변화를 가져올 수도 있는 그런 영화다.

프랑스 영화 〈부르고뉴, 와인에서 찾은 인생〉을 보면 성인이 된 주인공이 어린 날의 자신을 안아 주는 장면이 나온다. 성인이 된 자신이 상처투성이였던 어린 날의 자신을 다독이고 어루만져 주는 것이다. 영화 〈툴리〉는 이것과 반대다. 삶에 지칠 대로 지친 나를, 건강하고 활기찼던 젊은 날의 내가 위로해 주는 것이다. 치명적인 스포일러지만, 사실 툴리는 젊은 날의 마를로 자신이다. 영화의 마지막에 잠시, 마를로가 정신적으로 문제가 있음을 말한다. 이른바 내 안에 또 다른 인물이 존재하는 다중인격, 해리성 인격장애라는 거다. 한계 상황을 극복하기 위한 생존전략인 셈이다.

하지만 젊은 날의 내가 현재 나를 돌봐준 것을 병이라고만 말하고 싶지 않다. 영화의 의미를 이렇게 확장시켜 보면 어떨까.

힘겹고 지칠 때, 가장 잘살고 있을 때의 나를 떠올려 보는 것이다. 가장 멋진 모습의 내가 지금 바닥에 있는 나를 위로한다면 힘든 시절을 통과할 수도 있지 않을까. 마를로는 아니, 툴리는 그렇게 견뎌냈던 모양이다.

세상의 모든 마를로에게(어쩌면 나의 딸에게) 이렇게 말하고 싶다. 인생이란 누구나 힘겨운 거라고. 그래서 도움이 필요한 거라고. 혼자서 다 해내려 하지 말고 도움을 받으며, 도우며 그렇게 살아가라고.

사랑에 관한 매혹적인 우화

'팬텀 스레드'

폴 토마스 앤더슨 감독 2017 미국

어린 시절 나를 매혹했던 이야기들이 떠오른다. '미운 오리 새끼'를 비롯한 안데르센의 동화부터 '작은 아씨들' '몽테크리스토 백작' 그리고 '괴도 루팡'같은 추리 소설까지. 이야기에는 우리를 매혹하는 힘이 있다. 낯설고 독특하면서도 어딘가 친밀함이 느껴지는 이야기라면 푹 빠져들지 않을 수 없다.

〈팬텀 스레드〉에는 독특하면서도, 마냥 낯설지만은 않은 이야기가 들어있다. 거기에 뛰어난 영상미와 음악, 독특한 미학을 자랑하는 감독, 게다가 배우들의 놀라운 연기까지 뭐든 빠지는 게 없다. 영화를 좋아하는 이라면 놓칠 수 없는 수작이다.

1950년대 영국 런던의 고급 의상실 디자이너 레이놀즈는 시골 식당의 종업원인 알마에게 첫눈에 반한다. 엄격하게 자신의 세계를 유지하며 최고의 디자이너로 명성을 날리고 있는 레이놀즈에 비해, 알마는 투박하지만 자유분방하고 거침없는 매력의 소유자다. 알마에게 드레스를 만들어주는 것으로 애정을 고백한 레이놀즈는 자신의 작업에 영감을 주는 존재로만 인정할 뿐, 사랑의 대상으로 받아들이지는 않는다. 갈수록 외면당하는 그녀, 하지만 레이놀즈가 거쳐 온 다른 여인들처럼 호락호락하지 않다. 질 것이 분명해 보이는 사랑 게임에 알마는 자신의 전부를 걸고 승부수를 띄운다.

영화를 보며 나도 몰래 중얼거린 말이 있다. "왜 저 남자를 떠나지 않지?" 무관심으로 냉대하는 남자 곁을 맴도는 것이 이해가 되지 않았다. 하지만 알마는 조금 독특한 '팜므 파탈'이다. 체념하거나 떠나는 대신 남몰래 독버섯을 먹인다. 강퍅하고 예민한 남자가 한없이 약해지도록, 자신만을 의지하도록…. 일밖에 모르는 완벽주의자 레이놀즈가 자신의 남자가 되려면 그 방법밖에 없다고 생각한 것이다.

앓고 난 뒤, 레이놀즈는 알마에게 청혼한다. 그리고 결혼에 이른다. 하지만 얼마 지나지 않아 "인생 최대의 실수를 저질렀다"고 소리친다. 결혼 전 "오랫동안 당신을 찾아 헤맸다"고 말한 것은 기억에도 없다. 이쯤에서는 '사랑과 전쟁' 같은 드라마에서 흔히 보던 풍경이 펼쳐진다.

결국, 알마는 선택의 여지 없이 다시 한번 독버섯을 먹이는데, 여기서부터 흥미로운 이야기가 전개된다. 그것을 눈치챈 레이놀즈가 기꺼이 독을 씹어 삼키는 것(병으로 인한 무력감이 주는 달콤한 행복을 기억했기 때문일 터)이다. 치명적이고 위험한 알마의 사랑을 기어이 완성하는 것은 레이놀즈다. 그가 아니었다면 알마는 한낱 범죄자에 불과했을지 모른다. 또한, 알마의 문제적, 치명적 사랑이 아니었다면 레이놀즈는 여전히 일에 파묻혀 여자를 갈아치우며 살다가, 쓸쓸히 죽어갔을 것이다. 한 마디로 임자를 제대로 만난 것이다. 엎치락뒤치락하는 이들의 사랑 게임이 흥미진진하다.

상대방이 병이 들게 해서라도 내 곁에 두겠다는 발상은 다분히 위험천만한 것이나, 적어도 이것 하나는 배울만하다. 전쟁 같은 세상에서 독버섯을 먹듯 치명상을 입고 돌아왔을 때, 푹 자고 쉬며 다시 힘을 얻을 수 있도록 조용히 간호하는 것 말이다. 사실 각본, 감독을 겸한 폴 토마스 앤더슨은 자신이 아팠을 때, 부인이 돌봐줬던 간호의 위력을 체험하고 나서 이 영화를 생각했다고 한다.

낯설지만, 어딘가 우리의 모습이 숨어있는 이 영화를 재미있게 보고, 관계에 대해 한 번 더 생각해봤으면 좋겠다. '팬텀 스레드' 즉 보이지 않는 실이, 우리의 관계를 어떻게 완성해 가는지 지켜보자. 완성품은 시간이 지나서야 눈에 보이는 법이다.

19세기 낭만주의자들의 삶 엿보기

'메리 셸리 : 프랑켄슈타인의 탄생'
하이파 알 만수르 감독 2017 영국 · 미국

때로 영화를 보다가 실제 있었던 사실임을 알고 놀랄 때가 있다. 1816년 스위스, 낭만파 시인으로 유명한 퍼시 셸리는 연인 메리와 함께 역시 낭만파 시인의 한 사람인 바이런을 방문하게 된다. 당시 날씨 탓으로 바깥 활동이 여의치 않자, 바이런이 "무서운 이야기를 하나씩 써 보자"는 제안을 한다. 이때 메리는 죽은 개구리를 전기충격으로 움직이는 쇼를 떠올리며, 짤막한 이야기를 쓰게 된다. 이것이 1년 뒤 장편소설로 완성한 「프랑켄슈타인」인데, 오늘날 SF소설의 효시가 된다. 당시 함께 있었던 바이런의 주치의 존 폴리도리는 후에 '드라큘라'로 발전하게 되는 '뱀파이어' 이야기를 쓰게 된다. 이런 전설 같은 이야기가 이 영화 속에 고스란히 재현되어 있다.

메리가 창조한 프랑켄슈타인은 수많은 영화와 연극, 뮤지컬로 재탄생되었다. 그중 가장 유명한 것은 1931년 작 제임스 웨일 감독의 영화 〈프랑켄슈타인〉이다. 보리스 칼로프가 괴물로 나온 이 영화를 통해 우리는 머리에 못이 박힌 괴물, 전형적인 프랑켄슈타인의 모습을 기억하게 된다. 사실 프랑켄슈타인은 괴물을 창조한 박사의 이름이지만, 이때부터 프랑켄슈타인은 괴물의 대명사가 된다.

영화의 주인공 메리 셸리는 최초의 페미니스트라 불리는 메리 울스턴크래프트와 근대적 아나키즘의 창시자라는 윌리엄 고드윈 사이에서 태어났다. 정규교육은 받지 않았으나, 아버지에게 교육을 받고, 독서를 통해 학문을 쌓은 그녀는 아버지의 제자로 들어온 퍼시 셸리와 사랑에 빠진다. 이미 부인과 자식이 있던 셸리. 그들의 사랑의 도피 행각은 세간에 충격을 안기고, 냉대를 받기에 이른다. 이어 퍼시 셸리의 방탕한 생활과 첫 아이를 잃은 슬픔, 그리고 셸리 부인의 자살 등은 메리에게 엄청난 고통을 안긴다. 하지만 이 모든 시련과 고통을 이겨내고, 당당하게 자신의 목소리를 찾아가는 과정이 깊은 감동을 안긴다. 영화에서 그녀는 "고통에 맞서는 법을 통해 자신의 목소리를 찾았다"며, "지금까지 한 선택이 지금의 나를 만들었어. 아무것도 후회하지 않아"라고 말한다.

감독이 사우디아라비아 최초의 영화로 유명한 〈와즈다〉의 하이파 알 만수르라는 사실이 상징적이다. 사우디에서 영화를 만드는 것이나, 19세기 영국에서 여성이 책을 쓰는 것이 닮았다고 감독은 말한다. 둘 다 사회적 편견을 깨고 나아가는 과정이라는 것. "상실로 인한 괴로움을 예술 창작으로 승화시킨 메리 셸리에게서, 보는 이의 내면에 간직된 영웅적 면모를 보기 바란다"고 말한다. "그 누구도 아닌 너 자신의 목소리를 찾으라"던 메리 아버지의 가르침이 결국 그녀를 작가로 탄생시킨 셈이다.

부인의 죽음 이후 메리와 결혼한 퍼시 셸리는 29세에 요트 사고로 숨을 거둔다. 당시로는 드물게 화장을 했는데, 그의 심장만은 끝까지 불타지 않고 남아있더라는 일화가 있다. 메리가 죽은 뒤 밝혀진 이야기로, 그녀는 남편의 심장을 비단 주머니에 넣어 간직했다고 한다. 그리고 그녀는 수많은 구애에도 재혼하지 않고 아들 하나를 키우며 홀로 살았다.

퍼시 셸리의 묘비명 또한 유명한데, 라틴어로 'Cor Cordium' 이라고 쓰였으며, 그 뜻은 '마음의 마음'이다. '마음속 가장 깊숙한 마음'이랄까. 이상적인 것을 동경하고, 자유를 갈망했던 낭만주의자다운 묘비명이라 하겠다.

저 유명한 '서풍의 노래'에서 "겨울이 오면 어찌 봄이 멀 것이랴"라는 희망의 시로 알려진 셸리. 그는 또 다른 시 '종달새에게'에서 "우리는 앞을 보고 또 뒤를 본다. 그러나 찾는 것은 이 세상에 없는 것"이라 노래했다. 낭만주의자들이란 이 땅에 없는 무언가를 찾아 헤매는 가장 고독한 인간들인지도 모른다.

이런 퍼시 셸리를 끝까지 사랑했던 메리 셸리야말로 이상적인 낭만주의자로서의 삶을 그대로 실천하며 살았다고 하겠다. 영화는 시대적 한계를 뛰어넘었던, 당당한 여인 메리 셸리의 삶을 감동적으로 그려냈다.

예술은 일상을 벗어난 모든 것

'러브 앤 아트'

프레드 쉐피쉬 감독 2013 미국

영화를 일컬어 '제7의 예술'이라 부른다. 1911년 이탈리아의 평론가 리치오토 카뉘도가 오락물에 불과한 것으로 인식되던 활동사진을 '움직이는 조형예술'로 선언한 데서 비롯되었다. 그가 영화에 앞서 언급한 여섯 예술에는 시와 그림이 들어가 있다. 시는 '단어로 나타내는 그림(이미지)'이고, 그림은 '선과 색으로 표현하는 시'라고 표현하면 어떨까. 시와 그림은 각각 다른 장르지만, 어딘가 통하는 데가 있는 것 같다.

영화 〈러브 앤 아트〉의 원제는 〈Words and Pictures〉 즉, 말(문학)과 그림(미술)이다. 시를 쓰는 남자와 그림을 그리는 여자가 주인공이다. 멜로드라마의 색을 띠고 있지만, 문학과 미술, 즉 예술을 전면에 내세우고 있기에 독특하고 매력적인 영화다.

고등학교 문학 교사인 잭 마커스는 시인이다. 부인과 이혼한 데다 글은 써지지 않고, 음주 문제로 말썽을 일으켜 학교에서 파면당할 위기에 처해있다. 같은 학교에 막 부임한 디나 델산토는 유명한 화가다. 하지만 병으로 인해 고향인 시골로 내려온 처지다. 둘 다 심한 좌절에 빠져있는 셈인데, 겉으로는 내색하지 않는다. 둘은 사사건건 부딪친다. 각자의 분야인 문학과 미술 중 서로가 우월하다며 싸우게 된다.

물론 로맨스 영화답게 싸우다가 정이 들고 사랑을 느낀다. 하지만 과정이 남다르다. 매일같이 설전을 벌이던 두 사람은 전쟁을 선포한다. 어느 쪽이 더 우수한지 학생들의 투표로 결정하기로 한다. 이들의 현란하고 지적인 말싸움이 흥미진진하다. 문학과 미술의 대표로 나온 학생들의 대결이 재미있고, 각각의 우수성을 말하며, 예술의 본질에 대해 언급하는 장면이 영화의 백미다.

배우들의 매력은 영화를 더욱 돋보이게 한다. 〈클로저〉의 클라이브 오웬이 문학 교사 잭 마커스를 연기한다. 프랑스를 대표하는 여배우 줄리엣 비노쉬가 미술 교사 디나 델산토를 연기한다. 클라이브 오웬은 알콜로 인해 점점 나락에 빠져드는, 그러나 문학의 열정만큼은 놓치지 않는 시인의 연기를 멋지게 해낸다. 세계 3대 영화제(베니스, 베를린, 칸) 모두에서 연기상을 받은 줄리엣 비노쉬의 연기도 아름답다. 실제 화가인 그녀의 그림 그리는 모습도 구경할 수 있다. 나이 들었지만, 여전히 아름답고 우아한 그녀를 만나볼 수 있다.

2013년에 제작된 영화가 우리나라에는 2017년에 개봉되었는데, 주목을 받지 못하고 조용히 막을 내려 버린 것이 안타깝다. 매력적이고 특별한 로맨스 영화로 문학과 미술의 갑론을박이 흥미진진한 영화임에도 관객의 외면을 받았다. 하긴 이렇게 고급스럽게 예술을 논하는 영화가 관객의 호응을 받기는 힘든 것이 사실이다. '제7의 예술'이라 불리는 영화는 어디까지나 '대중예술'로서의 역할이 크기 때문이다. 예술영화와 대중영화의 사이에 어정쩡하게 낀 영화인지도 모르겠다.

하지만 나는 늘 이런 영화를 찾게 된다. 예술과 대중의 중간에 놓인 영화. 너무 심오하게 예술적인 것도 부담스럽고, 지나치게 상업적인 대중영화도 시간 아깝다는 생각이 든다. 그래서 이렇게 재미와 교양을 갖춘 영화를 좋아하고, 추천하게 되는 것이다.

앤디 워홀은 "예술이란 일상을 벗어나는 모든 것이다"라고 했다. 이 말은 '일상을 새롭게 해석하는 모든 것이 예술'이라고 바꾸어 표현해도 좋을 것이다. 그렇다면 예술이란 바로 내 곁에 늘 존재하는 것이다. 새롭게 보는 눈만 있다면 말이다. 또한 "예술은 힘이 아니라 위로이다"라고 한 토마스 만의 말이 맞는다면, 우리를 위로하는 모든 것들을 또 다른 형태의 예술이라 불러도 될 것 같다.

영화 속에서 가장 아름다운 장면은 문학과 미술을 두고 학생들이 대결하는 장면이다. 학생들은 각각의 우수성을 이야기한다. 그리고 그들 앞에 드러내 보이는 델산토의 초대형 그림, 그 그림의 아름다움을 표현하는 것은 결국 말이었다. 대결의 승자가 누구인지는 영화를 통해 확인하기 바란다.

"예술은 우리의 시야를 넓혀주고, 세계를 확장시키는 것"이라는 대사가 새삼스레 예술의 가치를 되새기게 한다.

망가진 세상, 무엇부터 바꿔야 하나?

'퍼스트 리폼드'
폴 슈레이더 감독 2017 미국

영화를 보는 것은 에너지 소모가 많은 일이다. 열 편 정도 보면 정말 좋은 영화는 잘해야 한두 편이다. 하지만 좋은 영화를 발견하는 기쁨이 크기에 영화 보는 일은 언제나 설렘이 앞선다. 오랜만에 기억에 남는 좋은 영화를 만났다. 아카데미 각본상 후보였던 영화 〈퍼스트 리폼드〉다.

1767년에 세워진 퍼스트 리폼드 교회는 관광지로만 자리한 지 오래고, 출석 교인은 몇 명 되지 않는다. 아픈 가족사가 있는 톨러 목사는 자신의 내면을 돌아보기 위해 일기를 쓰기 시작한다. 병든 몸으로 고뇌에 찬 일기를 쓰고 있는 그에게 상담 요청이 온다. 자신의 남편을 상담해달라는 신도 메리의 요청이다.

우울증에 시달리는 그녀의 남편을 만난 뒤로 톨러 목사의 삶은 예측할 수 없는 방향으로 흘러간다. 쓰던 일기를 찢어버린 그는 이전과는 다르게 행동한다.

각본과 감독을 겸한 폴 슈레이더는 〈택시 드라이버〉의 각본가답게 묵직한 질문을 던진다. 톨러 목사의 입을 통해 "인간의 탐욕으로 인해 망가진 세상을 신은 용서하실까?"라고 묻는다. 급진적 환경운동단체의 일원이던 메리의 남편은 "이런 세상에서는 아이를 낳을 수 없다"고 말한다. 죽음으로 메시지를 남긴 마이클과의 만남 후, 톨러 목사의 삶은 급격하게 달라진다. 환경오염의 주범인 거대기업(교회의 가장 큰 후원자인)에 맞서게 된다. 그의 표현대로라면 "다른 방식으로 기도하는 것"이다.

악을 스스로 응징하려는 톨러 목사는 얼핏 「죄와 벌」의 라스콜리니코프를 연상시킨다. 처절한 절망 끝에 새어 나오는 한 줄기 빛이 사랑이라는 점도 그렇다. 냉혹한 심판자가 되어버린 그의 앞에 홀연히 서 있던 사랑이야말로 신의 개입인지도 모르겠다. 우리가 마주하고 있는 세상은 긴급수술이 필요할 만큼 총체적 난국이다. 이런 현실 앞에서 우리는 어떻게 살아야 하는가, 〈퍼스트 리폼드〉는 그렇게 질문을 던지는 영화다.

단 한 장면만으로도 평생 기억되는 것이 영화다. 〈퍼스트 리폼드〉에는 오래오래 기억될 마법 같은 장면이 존재한다. 어느 장면을 말하는지 직접 보면 바로 알게 된다. "슈레이더 감독은 이 영화를 찍기 위해 이 행성에 온 것 같다"라고 극찬했던 워싱턴 포스트의 말을 빌리자면, "이 장면을 찍기 위해 이 영화를 만든 것 같다"라고 할 수 있다. 정전되듯 갑작스레 끝나버리는 마지막 장면 역시 그렇다. 〈택시 드라이버〉의 마틴 스콜세지 감독은 "요즘 마블 영화는 놀이동산 같다"라고 했다. 놀이동산 같은 영화만 고집하지 않는다면 기꺼이 이 영화를 보기 바란다.

"왜 그렇게 착한 영화만 보느냐"고 누군가 내게 질문을 던졌다. '소확행'과 '힐링'을 예찬하며 어느 정도 현실 도피적인 영화들만 봤던 건 아닌지. 이 영화를 만나고 나서 나는 조금 덜 행복해질지도 모르겠다. 하지만 영화가 던진 질문을 안고, 어떻게 살아야 하는지 조금은 더 고민할 것 같다.

수많은 명작이 그렇듯 이 영화는 한 마디로 설명할 수 없을 만큼 복잡 미묘하다. 퍼스트 리폼드 즉, 가장 먼저 개혁해야 할 것은 무엇일까? 종교와 정치가 자신의 자리를 찾지 못한 시대, 탐욕만 가득한 이런 시대에. 문득 떠오르는 생각은 톨러 목사처럼, 세상의 타락에 대해 고민하고 번뇌하는 성직자가 그립다는 것이다.

어쨌거나 답은 여전히 하나다. 퍼스트 리폼드는 나로부터 시작된다는 것.

산다는 것은
성장한다는 것

'어느 가족'

고레에다 히로카즈 감독 2018 일본

고레에다 히로카즈 감독의 영화는 유독 가족 이야기가 많다. 그것도 어딘가 비밀이 감춰져 있거나, 문제가 있는 가족. 칸영화제 황금종려상에 빛나는 〈어느 가족〉 역시 그렇다. 원제는 〈만비키 가족〉인데, 물건을 훔쳐 살아가는 좀도둑 가족이란 뜻이다. 이 특이한 가족이 길에서 만난 5살 여자아이를 데려오면서 겪는 이야기가 주를 이룬다.

영화를 따라가다 보면 혈연으로 이어지지는 않았지만, 이들의 유대감은 여느 가족 못지않게 애정과 따스함이 넘치는 걸 보게 된다. 가족의 의미가 무엇인지를 생각하게 만드는 영화다. 이제는 고인이 된 일본의 국민배우 키키 키린을 비롯해 릴리 프랭키, 안도 사쿠라 등 배우들의 연기가 뛰어나다. 아역 배우들의 연기 지도에 탁월한(대본이 아니라, 말로 대사를 지시한다) 감독의 영화답게 어린 배우들의 연기도 생생하다.

히로카즈 감독 영화의 대부분은 아버지의 부재, 혹은 문제가 있는 남자들이 등장한다. 〈그렇게 아버지가 된다〉가 그렇고, 〈걸어도 걸어도〉나 〈태풍이 지나가고〉, 〈바닷마을 다이어리〉 등이 그렇다. 여기에는 감독의 자전적인 요소가 많이 담기지 않았을까 생각해본다.

자서전 성격의 책 「영화를 찍으며 생각한 것들」을 보면 '태풍이 올 때만 유일하게 분주하던 아버지'가 등장한다. 노름에 미쳐서 생계를 돌보지 않던, 대부분은 무기력하게 빈둥거리던 감독의 아버지 이야기다. 〈어느 가족〉의 아버지도 마찬가지다. "가르칠 건 도둑질밖에 없다"고 말하던 아버지가 아니던가.

반면 어린 아들은 몹시 총명하다. 역시 감독 자신의 모습이 담겼을 것이다. 총명한 이 아이는 아버지를 떠나지 않으면 안 된다는 것을 안다. 계속 물건이나 훔치며 살다가는 자신의 인생이 엉망이 될 것을 안다. 사랑하지만 끊어내야 한다는 것을 안다. 성장이란 그런 것이 아니던가. 떠날 것은 떠나고 끊을 것은 끊는 것. 어두운 부분이 많음에도 특별히 이 영화가 좋았던 것은 한 소년의 성장 이야기이기 때문이다.

감독은 말한다. "영화를 보고 난 후 일상을 보는 방식이 달라지기를 원한다"고. 원래 텔레비전 다큐멘터리를 찍던 감독다운 말이다. 요컨대 영화를 위한 영화가 아니라, 삶을 위한 영화를 만든다는 것. 한 편의 영화에서 삶이, 혹은 삶을 보는 시야가 바뀌기를 소망한다고 말한다. 어느새 거장의 반열에 든 감독의 당찬 포부다. 이 말에 전적으로 공감하며, 한 편의 영화가 조금이라도 삶을 풍요롭게 하기를 나 역시 꿈꾼다.

언젠가 한밤중에 깨어 하늘을 봤다. 어느 영국 할머니의 첫 백신 접종 소식을 들은 날이었다, 코로나 영향인지 하늘이 맑았고, 평소 보이지 않던 별들이 아름답게 반짝였다. 며칠 사이 별자리가 조금 이동한 것 같았다. 문득, 이렇게 시간이 흐르고 늙어가는 건가 싶었다. "우리는 죽을 때까지 사는 법을 새로 배워야 한다"고 한 스캇 펙의 말을 떠올렸다. 그의 말에 따르며 정신적 성장은 평생 계속되어야 한다는 거다. 비록 몸은 늙어가더라도 정신적인 성장은 계속될 수 있다는 생각을 하니, 마음이 반짝였다.

요 며칠 자주 새벽에 깨어 별을 본다. 오랜만에 삶이 설렌다.

선물 같은 탁월한 지휘자, 최초의 마에스트라

'더 컨덕터'
마리아 피터스 감독 2018 네델란드

음악만큼 마음을 행복하게 하는 것도 드문 것 같다. 다채롭고 풍성한 음악과 감동적인 이야기의 놓칠 수 없는 조합이다. 〈더 컨덕터〉는 뉴욕필하모닉 최초의 여성 지휘자로 기록된 마에스트라(거장, 마에스트로의 여성형)의 이야기다.

1920년대 뉴욕, 네델란드 출신의 한 소녀는 지휘자가 되겠다는 꿈을 꾼다. 어린 시절, 슈바이처가 연주하는 바흐에 마음을 빼앗긴 뒤 피아니스트가 되겠다는 꿈을 꾼다. 그 후 꿈은 지휘자로 바뀐다. 가난으로 인해 변변한 음악 교육조차 받지 못한 소녀의 꿈은 비웃음의 대상일 뿐이었다. 하지만 몇 년 뒤 우여곡절 끝에, 불가능한 꿈이 현실로 이루어진다. 혹독한 훈련 끝에 베를린필하모닉 지휘자로 당당히 무대에 서게 되는 것이다. 이후 유럽 여러 곳을 거쳐 뉴욕필하모닉 창단 96년 만의 첫 여성 지휘자로 꿈을 이룬다. "선물 같은 탁월한 지휘자"라는 평을 들었던 안토니아 브리코의 실화다.

스토리와 음악이 잘 어우러지는 이 영화는 네덜란드 감독 마리아 피터스가 각본을 쓰고 연출했다. 여성 감독다운 섬세한 연출과 화면, 그리고 한 여인의 꿈을 향한 열정과 도전이 드라마틱하게 펼쳐진다. 영화의 한 축을 이루는 사랑 이야기도 아름답게 펼쳐진다.

또한, 1920~30년대 뉴욕의 분위기와 풍경이 근사하게 담겨 있다. 당시 의상들도 흥미로운 볼거리다. 하지만 무엇보다 매력적인 것은 다채롭고 풍성한 음악이다. 영화의 시작을 장식하는 말러의 교향곡 4번을 비롯해 드보르작의 '피아노와 바이올린을 위한 로망스' 등 귀를 호화롭게 하는 음악으로 가득하다. 또한, 극 사이 사이에 등장하는 재즈곡들이 영화를 흥미롭게 장식한다. 제천국제음악영화제 상영작으로, 국내에서 보기 드문 네덜란드 영화라는 것이 반갑다.

아름다운 음악을 들으며, 한 여인의 드라마틱한 삶을 따라간 두 시간이 참 행복했다. 수많은 난관을 하나하나 헤쳐나간 그녀의 용기에 도전을 받는 시간이었다. 영화에서 가장 감동적인 장면 하나는 좌절에 빠진 안토니아에게 스승이 했던 말이다. "남들이 알아주는 것과 상관없이 스스로가 영웅으로 느껴질 때가 있어. 때로는 그것으로 충분해." 그 말은 오랜 세월 그녀를 일으켜 세운 힘이 아니었을까? 크고 작은 성과에 상관없이, 때로는 내가 나를 알아주는 것이 가장 중요하니까 말이다.

안토니아 브리코가 아프리카로 가 슈바이처 박사를 직접 만난 일화는 유명하다. 말하자면 행동파였던 셈이다. 꿈이란 모름지기 행동해야 이루어지는 것 아니던가. 또한, 그녀의 미덕 중 하나는 꿈을 향해 나아가는 길에 한탄, 불평 따위는 없었다는 것이다. 꿈에 그리던 음악학교에 입학했을 때, 누구보다 일찍 학교에 가서 가장 늦게 나오는 학생이었다. 영화를 보고 나서 그녀의 실제 기록을 찾아보았다. 할머니가 되어서도 지휘를 하는 안토니아 브리코의 영상이 남아있었다. 나이 들어서도 여전히 현장에 있었고, 지휘하는 모습이 행복해 보여서 덩달아 기분이 좋아졌다.

해가 바뀌어도 달라진 것이 없는 상황에 마음이 울적하다면, 〈더 컨덕터〉처럼 감동적인 음악영화 한 편을 감상해보는 건 어떨까. 두어 시간 아름다운 음악과 주인공의 열정적인 삶에 푹 빠지고 나면 기분이 한결 좋아지고, 삶에 대한 의욕으로 가슴이 뛸지 모른다. 적어도 나는 그랬으니까.

컨트리 음악에 실린 꿈,
그리고 현실

'와일드 로즈'
톰 하퍼 감독 2018 영국

보고 나면 가슴이 먹먹해지는 영화가 있다. 이 영화가 그랬다. 영화 내내 흐르는 컨트리 음악과 함께 꿈과 현실 사이의 거리를 진솔하게 이야기하는 영화였다.

스코틀랜드 글래스고에서 제법 잘 나가는 컨트리 가수인 로즈는 순간의 실수로 전과자가 된다. 감옥에서 나온 그녀를 받아주는 곳은 없다. 10대에 낳은 두 아이는 어머니가 키우고 있다. 암울한 현실은 그녀에게 좌절감만 안기고, 점점 어긋난 행동으로 주변을 당혹스럽게 한다. 컨트리의 본고장인 미국 내슈빌에 가 노래하고 싶던 그녀는 결국 꿈을 포기하고, 가사도우미로 취직하게 된다. 그곳에서 뜻밖에 주인 수잔나의 도움으로 방송국에 갈 기회를 얻는다. 우여곡절 끝에 꿈에 그리던 내슈빌에 간 그녀는 새로운 깨달음을 얻고 글래스고에 돌아온다.

작가 니콜 테일러는 "자신의 삶을 엉망으로 만들었지만, 노래할 땐 자신과 하나 되어 온전해지는 캐릭터를 쓰고 싶었다"라고 말한다. 〈빌리 엘리어트〉 제작진이 참여한 영화로, 로즈 역의 제시 버클리는 수준급의 노래 실력과 연기를 선보인다. BBC 방송국 오디션에서 준우승을 한 경력이 있다. 엄마 역의 줄리 월터스는 〈빌리 엘리어트〉에서 발레 선생님을 했던 명배우다. 두 배우의 뛰어난 연기와 탄탄한 각본이 영화의 감동을 더한다.

"컨트리 음악은 세 개의 코드로 진실을 말하는 음악"이라는 로즈의 대사가 인상적이다. 영화의 마지막을 장식한 로즈의 노래 '글래스고'는 크리틱스 초이스 주제가상을 받았다.

영화를 보고 나자 "꿈을 꾸되 발을 땅에 착 붙이고 꾸라"는 말이 떠올랐다. 어느 인터뷰에서 소설가 박경리 선생이 한 말이다. "글래스고가 아니라 내슈빌에 태어났어야 했다"던 로즈의 발은 늘 허공에 붕 떠 있던 셈이다. 그녀는 내슈빌을 직접 밟아 보고 나서야 깨닫는다. 그토록 도망치고 싶었던 글래스고에서도 꿈을 이어나갈 수 있음을.

그 후 직접 쓴 노래가 '글래스고'다. 그녀는 노래한다. "No Place Like Home"이라고. 바로 〈오즈의 마법사〉 대사다. 도로시가 그랬듯 "집만 한 곳은 없어요."라고 노래하는 것이다. 사랑하는 이들 앞에서 노래하는 그녀의 목소리와 눈물이 아름답다.

꿈과 현실 사이의 간극을 이야기하는 이 영화는 음악영화이자, 철부지 여인이 성숙해가는 성장영화다. 내슈빌에 가서 노래하고 싶다는 로즈에게 방송국 PD가 묻는다. 노래를 통해 하고 싶은 이야기가 뭐냐고. 대답할 말을 찾지 못했던 그녀는 결국 자신이 하고 싶은 이야기를 찾는다. 그 이야기가 바로 '꿈과 현실이 만나는' 지점이다.

이제 그녀는 안다. 자신의 삶을 있는 그대로 끌어안지 않으면 안 된다는 것을. 그게 아니면 아무리 찬란한 꿈도 한낱 백일몽일 뿐이라는 것을.

더 나은 세상을 꿈꾼다는 것

'크레센도'

드로 자하비 감독 2019 독일

1999년, 피아니스트 겸 명지휘자인 다니엘 바렌보임은 이스라엘과 팔레스타인의 젊은 음악가들을 모아 오케스트라를 창단한다. 팔레스타인 출신 석학 에드워드 사이드와 함께 기획한 오케스트라의 이름은 '서동시집 오케스트라(West-Eastern Divan Orchestra)'다. 동서양의 조화를 꿈꾼 괴테의 '서동시집(西東詩集)'에서 따온 이름이다. 〈크레센도〉는 이 이야기를 바탕으로 한 음악영화다.

유명 지휘자 에두아르트는 이스라엘과 팔레스타인의 연주자들을 모아 오케스트라를 만드는 프로젝트에 동참한다. 오디션을 보고 합격한 이들을 모아 연습을 하지만, 그들은 사사건건 부딪친다. 가장 첨예한 분쟁의 땅, 태어나서부터 이미 적이 되어있는 이들이 과연 하나의 음악을 연주할 수 있을까? 에두아르트는 연주보다 한마음이 되는 것이 우선임을 알고, 소통을 위한 프로그램을 시작한다.

〈토니 에드만〉으로 유명한 페테르 시모니슈에크가 에두아르트 역을 맡아 훌륭한 연기를 펼친다. 중동 출신의 드로 자하비 감독은 현재진행형인 분쟁지역의 모습을 생생하게 보여준다. 다양한 출신의 배우들이 연기하는 캐릭터가 흥미롭고, 장면마다 연주하는 베토벤, 비발디, 드보르작의 곡들이 귀를 즐겁게 한다. 특히 마지막 장면, 서로 마주 보며 진심을 담아 연주하는 라벨의 '볼레로'는 감동적이다.

이 영화의 실제 이야기는 〈다니엘 바렌보임과 서동시집 오케스트라〉라는 제목의 TV 다큐멘터리(2005)에서 볼 수 있다. '세상에서 가장 위험한 무대'라는 팔레스타인 수도 라말라에서 베토벤의 '운명'을 연주하는 장면이 담겼다. 2011년 평화 콘서트에서는 '합창'을 연주했는데, 장소는 우리의 임진각이었다. 유일한 분단국가에서 평화를 노래한 것이다. 영화를 통해 본 이스라엘과 팔레스타인 젊은이들의 생생한 대립과 화합의 모습은 흥미진진했다. 하지만 영화가 끝나고 보니, 음악이 참 무력하다는 생각도 들었다. 그때나 지금이나 세상은 변한 것이 없기 때문이다.

얼마 전 〈전쟁과 음악〉이란 TV 프로를 봤다. 임윤찬의 우승으로 기쁨을 안겨준 반 클라이번 콩쿠르를 취재한 것인데, 주인공은 임윤찬이 아니라 각각 2, 3위를 한 러시아와 우크라이나의 피아니스트였다. 심사위원인 러시아 피아니스트는 "음악가란 총 앞에서 침묵할 수밖에 없는 무력한 존재"라 말했다. 하지만 젊은 러시아 피아니스트는 자국의 침공을 비판하는 소신 발언을 했고, 러시아와 우크라이나의 젊은 연주자들은 시종일관 화기애애했다. 젊은 음악인들에게서 희망을 본다. 〈크레센도〉란 제목처럼 평화를 외치는 목소리가 점점 더 세지기를 바란다.

다니엘 바렌보임은 "음악이 세상을 변화시킬 수는 없지만, 서로에 대한 이해를 도울 수는 있을 것"이라 말한다. 용기 있는 마에스트로의 말을 곰곰이 생각해본다. 이 정신을 이어받은 〈크레센도〉는 영화가 단순한 오락거리가 아니라는 걸 말해준다. 울림이 큰 영화다. 전쟁 앞에서 한없이 무력해 보이지만, 그럼에도 불구하고 '음악은 더 나은 세상을 꿈꾸게 하는' 소중한 보물이다. 영화도, 예술도 마찬가지다.

맥도날드 1호점의 숨은 이야기

'파운더'

존 리 행콕 감독 2016 미국

널리 알려진 이야기 속에는 우리가 미처 몰랐던 숨은 이야기들이 많이 있다. 영화 〈파운더〉(The Founder)는 세계에서 가장 유명한 패스트푸드점인 맥도날드의 창립 과정에 얽힌, 숨은 이야기가 담겨 있다.

1954년, 믹서기 판매원인 52세의 레이 크록은 놀랄 만큼 획기적인 신개념의 식당과 마주친다. 맥도날드 형제가 개발한 독창적인 스피디 시스템 식당이었다. 새 시대를 열 놀라운 사업이 될 것을 직감한 레이 크록은, 다른 지역에도 똑같은 식당을 열자고 맥도날드 형제를 설득한다. 하지만 사업 확장을 위해서라면 물불을 가리지 않는 레이와 원칙을 내세우는 형제는 사사건

건 부딪친다. 그들의 원칙주의에 답답함을 느낀 레이 크록은 스스로 '파운더' 즉 창립자가 되기로 결심하고, 맥도날드 형제에게서 벗어날 궁리를 한다. "사업은 서로 먹고 먹히는 전쟁"이라 말하던 그는 마침내 교묘한 방법으로 맥도날드 형제를 따돌리고 '파운더'가 된다.

재미있는 사실은 대부분의 사람들이 레이 크록을 맥도날드의 창립자로 알고 있으며, 레이 크록 역의 배우 마이클 키튼 조차도 맥도날드 형제의 존재를 몰랐다고 고백한 것이다. 맥도날드에서도 1955년이 창립자 레이 크록이 일리노이주에 1호점을 세운 해라고 말한다. 하지만 영화가 들려주는 실제 이야기는 다르다. 맥도날드의 진짜 1호점은 형제가 캘리포니아 샌버너디노에 세운 것이었다. 시스템을 만든 것은 맥도날드 형제다. 하지만 미국 전역, 나아가 오늘날 세계적인 프랜차이즈로 나아가도록 키운 것은 레이 크록이었다.

"콜럼버스는 미국을 발견했고, 제퍼슨은 미국을 건국했고, 레이 크록은 미국을 맥도날드화했다"라는 말이 있을 정도다. 그의 성공 신화는 많은 기업인이 롤모델로 삼고 있다. 뿐만 아니라 그는 타임지 선정 20세기 가장 중요한 인물 100인에 선정되기도 했다. 오늘날 창의적이고 혁신적인 식당을 창안한 맥도날드 형제를 기억하는 사람은 거의 없고, 수단 방법을 가리지 않고 사업 확장에 매진한 레이 크록을 '파운더'로 기억하고 있을 뿐이다.

영화를 보고 나면 어쩐지 씁쓸한 느낌을 지울 수 없게 된다. 오늘날 공식적인 기록들은 레이 크록이 맥도날드 형제에게 270만 달러를 주고 모든 권리를 샀다고 기록하고 있다. 그러나 영화에 의하면 270만 달러와 함께 수익의 1%를 로얄티로 지급하기로 한 구두 계약은 단연코 지키지 않았다. 구두 계약을 입증하지 못했던 형제는 자신들이 고안한 맥도날드의 상호를 쓸 수도 없었다. 최초의 맥도날드 1호점인 그들의 가게는 '빅 엠'이란 이름으로 변경할 수밖에 없었고, 얼마 지나지 않아 맥도날드 이름을 내건 가게 때문에 문을 닫는 뼈아픈 경험을 하게 된다. 바로 이런 사실 때문에 딕 맥도날드의 손자는 "50년 동안 할아버지 이야기가 밝혀지길 기다렸다"고 말했다. "우리는 절대 그를 이길 수 없어"라고 자조 섞인 한탄을 했던 맥도날드 형제로서는 못내 억울한 감이 있었던 것이다.

독창성에서는 누구보다 앞섰으나, 가족을 앞세우며 원리 원칙대로 하려던 맥도날드 형제는 변화에 발 빠르게 대응하고 공격적으로 사업을 확장하려는 레이 크록을 결코 이길 수 없었다. 이쯤 되면 다윈의 저 유명한 말 "강한 종이 살아남는 것이 아니라, 변화에 적응하는 종이 살아남는다"를 실감하지 않을 수 없다. 그리고 이것은 정치, 경제, 사회 모두에서 확인하게 되는 법칙이기도 하다. 아닌 게 아니라 역사는 철저히 승자의 기록일 뿐이다.

그러나 숨 가쁘게 돌아가는 경쟁 사회에서 잠깐 멈추어 생각해본다. 그것이 과연 전부일까? 역사의 기록은 철저히 승자의 편이겠지만, 패자 쪽에도 눈길을 돌리고 그들의 목소리를 들어보는 것이 바로 문화와 예술의 몫이 아닐까 한다. 그래서 우리는 진정한 삶의 의미를 한 번 더 되새기게 되는 것이다.

'아메리칸 드림'의 성공 신화를 이룬 레이 크록, 영화를 통해 그의 삶을 입체적으로 들여다보며 그가 얻은 것과 잃은 것이 무엇인가를 곰곰 생각해본다. 영화를 보고 나면 레이 크록이 창립자로 기록된 1955년이 아니라, 진짜 파운더였던 맥도날드 형제의 1948년 샌버너디노 지점을 기억하고 싶어질 것이다.

우리에게는 돈이 얼마나 필요할까?

'골드'
스티븐 개건 2016 미국

오랜만에 아들과 함께 영화를 봤다. 자주 있는 일은 아니기에 뭔가 내용이 있는(?) 영화를 보여주고 싶었다. 잠시 고민하다 고른 영화가 바로 〈골드〉다. 실화라는 말에 끌렸고, 무엇보다 경제에 대해 뭔가를 배울 수 있을 것 같았다. 보고 난 느낌은 이랬다. 무엇보다 흥미진진하다는 것. 함께 본 아들도 재미있다고 했다. 그리고 경제에 관해 뭔가 배울 게 있긴 했다.

이 영화의 미덕은 일단 재미있다는 것인데, 금맥 찾기에 혈안이 된 주인공의 좌충우돌 활약상은 보는 이의 '심장을 쫄깃하게' 만든다. '할리우드 블랙리스트(제작자들이 탐내는 최고의 시나리오)'에 선정되었을 만큼 스토리가 탄탄하다. 무엇보다 〈인터스텔라〉의 배우 매튜 맥커너히가 잘생긴 외모를 감춘 채 명품 연기를 선보인다. 대머리에 중년의 배불뚝이 아저씨를 연기하느라, 햄버거만 먹으며 21kg을 살찌웠다는 후문이다.

대략의 이야기는 이렇다. 인생 역전의 한 방을 노리는 케니는 최대 규모의 금광 발견을 꿈꾼다. 모두가 비웃지만, 신념을 가지고 지질학자와 함께 인도네시아 정글로 간다. 계속되는 실패 속에서 좌절에 빠져있던 순간, 엄청난 규모의 금을 발견하는 데 성공한다. 함께 한탕을 노리는 수많은 투자자의 눈길이 그에게 쏠리고, 작은 회사의 주식은 순식간에 치솟는다. 그런 그에게 예상치 못한 반전이 일어난다.

영화는 1993년 캐나다에서 실제 일어났던 사건을 소재로 만들었다. 허구의 인물들을 주인공으로 내세웠지만, 의외로 실제 이야기들이 곳곳에 들어가 있는 것에 놀라게 된다. 어디까지가 영화적 허구이고, 실제 이야기인지를 찾아보는 것도 하나의 재미가 되겠다. 실제로 이런 일이 일어났다는 사실에 어처구니가 없어질 것이다.

밀턴은 「실락원」에서 탐욕을 상징하는 악마 '맘몬'을 타락한 천사라고 말한다. 천사 중에서도 가장 치사한 성격의 소유자로 항상 고개를 숙이고 황금이 깔린 보도만을 내려다보고 있다고 한다. 인간이 광석이나 보물을 파내게 된 것도 맘몬의 근성이 옮겨졌기 때문이라고 한다. 밀턴은 이렇듯 사악한 존재로 표현했지만, 영화는 금을 좇는 주인공을 다분히 애정을 가지고 바라본다. 특히 그의 욕망을 꿈과 연결한다.

욕망이란 단어는 어딘지 부정적인 느낌을 주지만, 꿈은 보다 긍정적인 느낌을 준다. 욕망이 본능이고 꿈이 이상이라면, 케니가 원하는 것은 꿈에 가깝다. 거액을 줄 테니 회사에서 자신의 이름을 빼라는 요구에 그는 응하지 않는다. 그는 욕망(돈)이 아니라, 꿈을 이루고자 했던 것이다. 그러므로 영화 속 연인인 케이의 역할이 중요하게 느껴진다. 케니가 사람들의 환호 속에 있을 때 그녀는 말한다. "이 사람들은 당신을 이용할 뿐이야"라고. 결국, 모든 것을 잃은 케니는 사랑하는 여인에게 돌아오게 된다.

꿈과 욕망이 뒤섞인 채, 성취를 위해 물불 안 가리고 덤빈 사내의 몰락을 지켜보는 것은 씁쓸하다. 돈을 따라 너도나도 광적으로 몰려드는 이야기가 경각심을 불러일으키기도 한다. 문득 채플린의 영화 〈황금광 시대〉가 생각난다. 채플린이라면 이 소재로 영화를 어떻게 만들었을까?

여기엔 채플린의 영화와 같은 진한 페이소스와 정감 어린 해피엔딩은 없다. 영화는 자본주의의 맹점을 비판하는 한 편의 풍자극이다. 그러면서도 뒷맛이 씁쓸한 관객을 위해 지극히 영화적인 해피엔딩을 선물해놓았으니, 할리우드 영화답다 하겠다.

결국, 〈스팅〉이나 〈오션스 일레븐〉같은 범죄 오락 영화 장르인 것이다. 하지만 현대사회의 모순과 탐욕을 꼬집는 한 편의 블랙코미디이기도 하다. 이런 구조적 모순과 탐욕 속에서 나 또한 한바탕 실체 없는 '도깨비 춤'을 추고 있지는 않은지 돌아봤으면 좋겠다. "돈이 없는 사람은 가난하다. 돈밖에 없는 사람은 더욱 가난하다." 누군가 말했던 이 명언을 기억해두어야 하리라.

채플린은 "인생에서 필요한 것은 사랑과 용기와 구질구질하지 않을 만큼의 돈이다"라고 했는데, 문제는 바로 이것인 것 같다. '구질구질하지 않을 만큼'이 어느 정도인지 사람마다 다르다는 것. 우리에게는 어느 정도의 돈이 필요한 것일까?

로튼토마토 91% 메타 크리틱 80점 2018.04.01
베니스영화제 10분간의 기립박수!
일생에 한 번은 꼭 가야할 여행지, 바라나시 허핑턴포스트
찬란한 빛의 도시, 가장 인도다운 도시로 떠나는 여행!
바라나시
ADIL HUSSAIN, LALIT BEHL, GEETANJALI KULKARNI, PALOMI GHOSH, NAVNINDRA BEHL, ANIL RASTOGI SHUBHASHISH BHUTIANI MANAS MITTAL AVYAKTA KAPUR MICHAEL MCSWEENEY DAVID HU
AJAY KUMAR P.B. AKHILESH ACHARYA TAJDAR JUNAID SHIV OM VISUALS PVT LTD, RAJKUMAR MENDA PRAVESH SIPPY DINA DATTANI ASAD HUSSAIN ABBAS RAZA KHAN
SANJAY BHUTIANI, SAJIDA SHARMA SHUBHASHISH BHUTIANI SHUBHASHISH BHUTIANI MANO ENTERTAINMENT INC.
2018

THEATER

THREE

마음을 찾아 떠나는 여행

포스터 출처 : 바라나시 _ (주)마노엔터테인먼트

영화 <바라나시>는 '인도인들의 영혼의 고향'이라는 바라나시를 잠시나마 체험할 수 있다.
인도의 젊은 감독 슈브하시슈 부티아니가 배낭여행 경험을 바탕으로 각본을 쓰고 연출했다.
베를린영화제 아시아 담당인 미나스키 쉐드 평론가가 2017 최고의 인도영화로 꼽는가 하면,
베니스영화제 10분간의 기립박수로 유명하다.

상실 속에서
살아가는 법

'스틸 앨리스'

리처드 글랫저 · 워시 웨스트모어랜드 감독
2014 미국

며칠 앓았다. 몸살이었다. 앓고 난 뒤 어쩐지 겸허해진 마음으로 〈스틸 앨리스〉를 봤다. 일 때문에 알츠하이머 관련 영화를 찾던 중이었다. 몇 년 전에 봤을 때와 느낌이 달랐다. 나이 때문인지, 아프고 난 뒤여서인지 모르겠지만, 아픈 주인공의 마음이 더욱 절절하게 다가왔다. 어떤 상황에서도 살아있는 것은 소중하다는 메시지를 진솔하게 전하는 영화다.

언어학 교수 앨리스는 일과 가족 관계 모두 성공한 여성이다. 남부럽지 않은 삶을 꾸려나가던 어느 날, 알츠하이머 진단을 받는다. 가족력으로 인한 유전이었다. 앨리스는 조금씩 기억을 잃어가지만, 식구들의 염려와 보호 속에서 꿋꿋이 자신의 삶을 이어나간다. 하지만 시간이 흐를수록 가족들의 반응도, 자신도 점점 달라지는 것을 느낀다.

아카데미 여우주연상을 수상한 앨리스 역, 줄리안 무어의 연기가 뛰어나다. 조금씩 기억을 잃어가고, 자신을 잃어가는 모습을 더할 나위 없이 진실하게 연기했다. 영화는 알츠하이머를 앓는 환자 본인의 입장을 그린 점이 독특하다. 루게릭병을 앓으면서 연출에 임했던 리처드 글랫저 감독의 체험이 녹아있다. 엔딩 자막에서는 고인이 된 리처드 글랫저 감독을 기린다.

리사 제노바의 베스트셀러 소설이 원작인데, 알츠하이머를 앓던 할머니를 지켜보면서 썼다고 한다. 가수 윤종신도 이 영화를 테마로 곡을 쓴 적이 있다. “나를 잃어가면서도 여전히 나일 수 있는, 특별한 상실의 기술을 만나보시길”이라고 했다. 그 역시 알츠하이머 초기인 어머니를 생각하며 곡을 만들었다.

생각해보면 인간이 겸손할 수 있는 것은 상실 때문이 아닌가 싶다. 상실을 받아들이는 것만이 성숙이고, 성장이기에 우리는 기꺼이 그 길을 걸어가야 한다. 돌아보면 나 역시 지독한 몸살을 앓기 전, 이런저런 불평이 많았다. 아프고 나니 이상하리만치 불평이 사라졌다. 상황은 그대로인데 마음가짐이 달라진 것이다. 이제 조금씩 몸이 아플 나이가 됐나보다 싶기도 했다. 지금 건강한 것 하나만으로 감사가 솟아났고, 하고 싶은 일이 많아졌다.

만물이 그렇듯이, 인생도 때가 되면 약해지고, 결국은 사라지는 과정이 아니겠는가. 받아들이느냐 마느냐, 선택지는 결국 두 가지뿐인 것을. 호스피스 운동의 선구자이자, 수용의 다섯 단계(부정, 분노, 타협, 절망, 수용)로 유명한 엘리자베스 퀴블러 로스는 유고작 「상실 수업」에서 이렇게 말한다. "수용은 어떤 상황을 마음에 들어 하는 것이 아니라, 잃어버린 것을 인정하고 그 상실 속에서 살아가는 법을 배우는 것을 의미한다." 영화는 이 말 그대로를 충실하게 그려낸다.

크고 작은 많은 것을 잃어버리고 건강마저 잃어버려도, 나는 여전히 '나'라는 소중한 메시지가 담긴 영화다. 어떤 상황에서도 사랑만 있으면 살아갈 수 있다는 희망을 품게 한다. 병이 들고 약해진다는 것은, 어쩌면 평생 품고 베풀었던 사랑을 돌려받는 시간인지도 모르겠다.

생의 마지막 9년간, 병상에 있으면서도 제자와 함께 책을 썼던 엘리자베스 퀴블러 로스의 말을 기억해두고 싶다. "생의 마지막 순간에 간절히 원하게 될 것, 그것을 지금 하라."

숨은 영화를 찾는 즐거움

'스토리 오브 루크'

알론소 필오메노 마요 감독 2011 미국

좋은 영화를 찾아내는 일이 갈수록 어렵다. 기대를 품고 두 시간여를 투자했는데, 보고 나면 실망할 때가 많다. 영화에 대한 열정이 식어버릴까 염려가 될 정도다. 언젠가 좋은 영화 고르는 법을 묻는 이에게, 전문가 평점과 관람객 평점이 모두 높은 걸 고르라 말했지만, 이것도 정확한 것은 못 된다. 그런 영화가 흔하지 않은 데다, 영화에서 기대하는 것이 사람마다 다르기 때문이다.

누구는 영화에서 감동을, 누구는 단순한 재미를, 또 어떤 이는 정보, 또는 사회 비판 등등을 원하기 때문이다. 나의 경우, 사랑과 우정, 용기, 꿈 등 삶의 근본적인 가치를 일깨워주는 것을 좋아한다. 그런 영화에서 '영화의 심장소리'가 들린다는 말을 하는 것이다.

〈스토리 오브 루크〉는 몇 년 전, 온갖 영화들을 섭렵할 때 우연히 발견한 영화다. 시간만 나면 영화를 찾아볼 때였다. 아무런 정보도, 추천도 없이 어쩌다 보게 된 영화인데, 보고 나니 마음이 따뜻해지고 행복해졌다. 영화를 보고 나서는 책갈피에 꽃잎을 꽂아두듯, 마음 한구석에 곱게 간직해두었다. 명작은 아니지만, 그만큼 사랑스러운 소품이다. 코미디 장르라고 언급된 만큼 재미도 있고 감동이 있는 영화다.

주인공 루크는 자폐증을 가진 청년이다. 어릴 때 어머니에게 버림받고 할머니 손에 자랐다. 할머니의 살뜰한 보살핌과 교육으로 자신을 절제할 줄 아는 법을 배웠으며, 요리하는 것을 좋아하는 순수한 청년이다. 수많은 레시피를 외워 요리도 아주 잘한다. 사랑으로 돌봐주던 할머니가 돌아가셔서 루크는 삼촌 집에서 지내게 된다.

삼촌의 가족은 문제투성이다. 직업을 구해서 홀로서기를 하려는 루크와 함께 지내면서 각자 자신의 모습을 돌아보게 된다. 겉으로는 정상이지만, 어딘가 마음 한구석이 병들어있는 삼촌 식구들을 돌아보게 하는 힘은 루크의 솔직함이다. 있는 그대로밖에 말할 줄 모르는 루크의 순수함 앞에서 위선적인 자신의 모습을 들키게 되는 것이다. 애써 아닌 척, 괜찮은 척하고 있던 거짓된 모습을 스스로 보게 되는데, 있는 그대로의 자기 모습을 '직면'하는 것이야말로 문제해결의 신호탄이라고 할 수 있다. 결코, 행복하지 않은 자신의 모습 그대로를 본 삼촌과 가족들은 조금씩 변해간다.

"정직은 아주 비싼 재능이다. 싸구려 인간들에게 기대하지 마라"고 한 워렌 버핏의 말에 따르면 솔직하고 순수한 루크야말로 비싼 재능의 소유자다. 그렇지 못한 주변 인물들이 '싸구려 인간들'에 속하는 셈이다. 자신을 포장할 줄 모르는 루크의 타고난 '재능'은 삼촌 식구를 비롯한 주변 인물들을 한결 행복하게 만든다.

수잔 손탁은 정직을 일컬어 "자신에게 진실할 수 있는 자유"라고 했다. 그 미덕을 루크에게서 배워야 할 것 같다. '남자답게' 일도 찾고, 여자도 찾겠다는 루크가 자신의 소원을 이루는 과정, 그리고 삼촌 가족의 관계가 회복되는 과정이 따스하게 그려진다. 가족의 회복 과정에는 루크의 요리 솜씨가 큰 몫을 한다. 함께 모여 맛있는 음식을 먹는 것이 관계 형성에 아주 중요한 역할을 한다는 걸 새삼 일깨운다.

인디 필름답게, 영화는 소품이다. 제작비가 많이 들어가지 않은 걸(?) 확인할 수 있다. 샌프란시스코 인디영화제를 비롯한 영화제에서 상을 꽤 받았다. 특이한 것은 페루 출신의 감독 알론소 필오메노 마요인데, 그가 각본도 겸했다. 루크 역을 한 루 테일러 푸치의 연기가 빼어나고, 〈이탈리안 잡〉에서 천재 해커로 나온 세스 그린의 모습이 반갑다. 이 영화에서도 괴짜 천재로 등장하는데, 배우들이 대개 비슷한 캐릭터를 맡기 일쑤인 걸 확인하게 된다. 자폐아 역할을 한 루 테일러 푸치 역시 또 다른 영화 〈뮤직 네버 스탑〉에서 기억상실증에 걸린 청년 역할을 훌륭하게 해낸다.

보고 나면 마음이 따뜻해지고 행복해지는 영화 〈스토리 오브 루크〉처럼 숨어있는, 좋은 영화를 발견하기 위해서는 또다시 시간을 투자해야 할 것 같다. 여러 편의 영화를 보고 또 보는 수고를 기꺼이 감내해야 하리라.

너 자신을 믿고 점프해

'해피 댄싱'
리차드 론크레인 감독 2017 영국

"아무 생각 없이 편안한 영화를 보고 싶어." 영화를 함께 보고 난 지인의 말이다. 하지만 〈해피 댄싱〉은 그의 바람처럼 편안하거나, 제목처럼 마냥 '해피'하지도 않다. 감동과 웃음, 댄스가 주는 경쾌함까지 들어있지만, 인생의 쓴맛까지도 꾹꾹 눌러 담은, 종합선물세트 같은 영화다. 마치 우리 인생이 그렇듯이.

주인공 산드라는 평생을 남편과 가정에 헌신해온 35년 차 주부다. 경찰인 남편의 은퇴식에서 외도 사실을 알게 된다. 남편이 5년간 자신의 친구와 바람을 피운 것이다. 배신의 아픔으로 집을 뛰쳐나온 산드라는 언니 집에서 머물게 된다. 평생 가정에 헌신한 자신과 달리 언니 비프는 독신으로, 자유분방한 삶을 산다. 상류층 부인으로 남부러울 것 없이 살던 산드라는 언니 비프의 자유분방한 삶, 그리고 주변 친구들의 품위 없는 삶(?)이 못마땅하다. 마음을 열지 못한 그녀는 함께 어울리지 않고 자신의 고통 속에만 빠져 지낸다.

하지만 결국 언니 덕분에 그간 자신의 삶을 되돌아보게 되고, 함께 댄스 수업에 참여한다. 그리고 언니처럼 자유로웠던, 젊은 날 자신의 모습을 되찾기 시작한다. 댄스를 추며 행복해하던 어린 시절의 필름을 보고, 마침내 새로운 인생을 시작할 용기를 얻게 되는 것이다.

영화는 코미디 장르답게 재미있는 상황과 대사들이 많다. 그리고 인생의 지혜를 가르쳐주는 멋진 대사들이 곳곳에 있다. 주로 언니 비프가 산드라에게 말하는 구절들이다. "죽음을 두려워하는 것보다 삶을 두려워하는 게 더 문제야" "때로는 너 자신을 믿고 믿음의 점프를 해야 해" 같은 것들이다. 댄스와 함께 흐르는 음악들도 무척 좋은데, 특히 엔딩곡 'Running to the Future'가 가슴을 뛰게 한다. 용기를 내어 새롭게 '믿음의 점프'를 실행하는 산드라를 위한 응원곡인 셈이다.

〈브루클린의 멋진 주말〉을 연출했던 리차드 론크레인이 감독을 맡았으며, 팜 스프링스 국제영화제에서 관객상을 수상했다. 이멜다 스톤턴, 티모시 스폴 등 영국이 자랑하는 명품 배우들이 출연해서 맛깔스러운 연기와 함께 갈고 닦은 댄스 실력을 선보인다. 댄스 장면의 비중이 생각보다 크지는 않지만, 유쾌한 음악과 함께 흐르는 댄스 장면들은 경쾌하기 그지없고, 안무들도 멋지다(주인공의 우울함 따위는 한 방에 날려버릴 만큼). 보너스로 런던 야경을 비롯한 런던 시내 곳곳의 모습과 댄스 공연을 펼치는 로마의 풍광을 즐길 수 있다. 한 편의 영화에서 재미와 감동, 삶의 지혜 등을 두루 얻기 원하는 이에게 추천할 만하다.

"아무 생각 없이, 편하게 볼 수 있는 영화가 좋다"는 말을 종종 듣지만, 영화를 볼 때 조금은 더 욕심을 내보면 어떨까. 아니, 영화에 좀 더 기대를 걸어 보는 건 어떨까. 삶도 힘든데, 왜 마음이 힘들어지는 영화를 보느냐고도 한다. 하지만 한 편의 영화가 근본적인 치료제 역할을 하기도 어렵지만, 순간적인 진통제 역할만을 해도 안 된다고 생각한다. 영화를 통해 자신의 삶을 돌아보고, 뭔가를 새로 시작할 작은 계기라도 생긴다면 더 바랄 것이 없겠다.

〈해피 댄싱〉의 원제는 〈Finding Your Feet〉다. 100분 남짓한 이 한 편의 영화에 담긴 감독의 의도와 진심을 오롯이 느낀다면 분명 삶의 지혜 한 자락을 얻고, 용기를 아울러 얻을 수 있으리라. 각종 '테라피'가 넘쳐나는 세상이지만 이 영화에는 '댄스 테라피'라는 말을 기꺼이 붙이고 싶다. 이미 벌어진 일에 갇혀 헤어 나오지 못하면 나만 손해다. 영화는 뭔가 다시 시작할 힘을 준다. 동시에 "나도 댄스나 시작해볼까"라는 마음까지도

슬쩍 들게 한다.

마지막 장면, 배를 타고 떠나는 주인공의 모습 때문일까? 미국 작가 존 A 세드의 명언이 저절로 떠오른다. "배가 항구에 있을 때는 안전하다. 그러나 그것이 배의 존재 이유는 아니다." 진정한 자신을 찾아 모험을 떠나라고, 아직 늦지 않았다고 용기를 주는 영화다. 나이와 상관없이.

친구란
내 슬픔을 지고 가는 자

'나의 위대한 친구, 세잔'
다니엘르 톰슨 감독 2015 프랑스

어릴 때 나는 약국집 딸이었다. 해마다 제약회사에서는 '세계의 명화'가 그려진 탁상용 달력을 주었다. 달력이 귀한 시절이었고, 두꺼운 재질의 탁상용 달력은 더욱 귀했다. 나는 달력에 인쇄된 명화들을 보고, 그림의 제목과 화가의 이름을 외우며 놀았다. 그때 봤던 그림들을 보면 지금도, 어쩐지 친근함과 정겨움이 느껴진다. 그 시절 봤던 명화들이 등장하는 영화 〈나의 위대한 친구, 세잔〉에는 문화예술의 중심지였던 19세기 파리의 모습과 분위기가 고스란히 담겨 있다. 주인공 세잔을 비롯해서 그의 둘도 없는 친구였던 에밀 졸라와 마네, 르노아르, 피사르, 모파상 등 전설적인 인물들이 등장한다.

영화를 통해, 불멸의 작품을 남긴 예술가들의 삶과 작품세계를 살펴보는 것은 흥미진진한 일이다. 특히 근대 회화의 아버지라 불리는 세잔과 자연주의 문학의 거장 에밀 졸라의 우정이 담겨 있어 더욱 호기심을 불러일으킨다. 다니엘르 톰슨 감독은 방대한 자료 추적을 통해 폴 세잔과 에밀 졸라의 우정을 스크린에 고스란히 재현한다. 고향 엑상 프로방스에서의 어린 시절과 서로를 격려하며 우정을 가꾸어나가는 모습, 그리고 에밀 졸라의 소설 「작품」을 빌미로 서로 언쟁을 벌이며 다투는 모습 등을 생생하게 그려낸다.

에밀 졸라가 실제로 살던 집에서 촬영했고, 그가 사용했던 서재의 모습을 그대로 구현해놓았다. 또한, 세잔이 평생 은둔하며 그림을 그렸던, 고향 엑상프로방스의 풍경이 펼쳐져 영화를 더욱 빛나게 한다. 그가 그리고 또 그렸다는 '생 빅투아르 산'의 모습이 담겨 있음은 물론이다.

영화는 엑상프로방스에서의 어린 시절과 파리 시절, 그리고 세잔이 다시 엑상 프로방스로 돌아오게 되는 시기 등을 차분하게 전개해 나간다. 둘의 우정과 그 우정에 금이 가기까지의 과정을 과거, 현재, 미래를 오가며 충실하게 그려낸다. 당시 파리 화단의 풍경, 살롱전, 낙선전 등의 모습도 흥미롭게 담겨 있다. 사실 에밀 졸라는 「테레즈 라캥」 「목로주점」 등의 소설로 일찌감치 명성을 날렸지만, 세잔은 말년에 가서야 겨우 이름을 알리게 된다. 오랜 무명 시절을 견디기 힘들었던 세잔은 성공한 친구 앞에서 종종 난폭한 행동을 하기도 한다.

젊은 시절, 세잔을 격려하며 용기를 주던 졸라는, 세잔의 재능을 끝끝내 알아보지 못한다. 미술사에 얼마나 큰 발자국을 남기는 인물이 될지 전혀 알지 못한 것이다. 그만큼 세잔은 당시의 화풍과 전혀 상관없는 독자적인 세계를 개척했고, 후대에 엄청난 영향을 끼치게 된다. 피카소가 '나의 유일한 스승이며 아버지 같은 존재'라고 말했을 정도로.

에밀 졸라의 소설 「작품」이 발표된 이후, 다시는 둘이 만나지 않았다고 한다. 졸라가 세잔을 모델로 해서 썼기 때문이다. 결국, 자살하게 되는 주인공이 자신의 모습이라고 세잔은 화를 낸다. 졸라는 여러 화가의 모습을 겹쳐놓았다고 말했지만 소용이 없었다. 소설을 통해 예술가의 좌절을 냉철하게 그려낸 졸라는, 훗날 "마음에 말을 건넨다"는 평가를 얻은 '세잔의 사과'를 결코 알아보지 못했다. 현상을 냉정하게 그려낸 자연주의 소설가로서의 한계였을 것이다.

몇 년 전, 세잔의 그림 '카드놀이하는 사람들'이 사상 최고의 경매가를 기록했던 적이 있다. 에밀 졸라가 저 세상에서 세잔을 만난다면, 가치를 몰라봤다며 친구에게 용서를 구해야 할 것 같다.

"너도 그래? 나만 그런 줄 알았는데"라고 말할 때 우정이 탄생한다고, C.S.루이스는 말했다. 어린 시절 그렇게 함께 그림을 그리며, 추억을 공유했던 세잔과 에밀 졸라는 이후 각자의 길을 걷게 된다.

"친구란 내 슬픔을 자기 등에 지고 가는 자"라는 인디언 속담이 있다. 그렇게 우정은 멀어져갔지만, 에밀 졸라가 죽었다는 소식을 들은 세잔은 사흘을 내리 울었다고 한다. 그 눈물의 의미는 무엇이었을까? 어쩌면 '드레퓌스 사건'으로 옥고를 치르며, 고초를 겪은 친구를 좀 더 일찍 찾지 못한 걸 후회했던 게 아닐까? 시대적 한계에 갇혀 자신의 그림을 알아보지 못했지만, 세잔의 마음속에 졸라는 영원한 친구로 남아있었던 모양이다.

'구두쇠 스크루지'의 탄생 이야기

'찰스 디킨스의 비밀 서재'
바렛 낼러리 감독 2017 아일랜드 · 캐나다

유명인들의 숨은 이야기를 듣는 것은 무척 흥미로운 일이다. 영화 〈찰스 디킨스의 비밀 서재〉는 셰익스피어에 비견되는 영국 소설가 찰스 디킨스의 이야기다. 그가 소설 「크리스마스 캐럴」을 통해 '구두쇠 스크루지'를 탄생시킨 이야기를 담고 있다. 그리고 창작과정을 이야기하는 것에 그치지 않고, 내면의 상처와 어둠, 그리고 그것을 극복하는 과정까지 말하고 있다.

1843년, 성공한 작가지만 세 권의 책을 연달아 실패한 찰스 디킨스는 재정난에 허덕인다. 구상 중인 새 소설도 진도가 나가지 않는다. 낭비벽이 있는 부모님까지 고향에서 올라와 그를 곤혹스럽게 한다. 또한, 그를 괴롭히는 것은 어린 시절에 겪은 학대로 인한 상처다. 11살 때 구두약 공장에서 고통스럽게 일했던 경험은 어른이 되어서도 악몽에 시달리게 한다. 번민에 사로잡힌 그에게 상상 속의 인물이 나타나 말을 건다. 바로 구상 중인 소설 「크리스마스 캐럴」의 주인공인 구두쇠 스크루지다.

그의 머릿속에서 존재하던 인물이 실제로 나타난 것이다. 소설 속 스크루지는 자신의 과거, 현재, 미래를 보게 되면서 변화되는 인물인데, 이 영화에서는 찰스에게, 자신의 과거 여행을 하게 하는 안내자가 된다. 즉 소설의 내용과 찰스 디킨스의 실제 삶을 연결시켜 흥미롭게 펼쳐놓는 것이다.

영화에서 가장 주목을 끄는 것은 찰스와 아버지와의 관계다. 빚 때문에 감옥에 가게 된 아버지는 어린 아들에게 "강철처럼 강하게, 얼음처럼 냉정하게"란 말을 남기고 떠난다. 하지만 감수성 예민한 소년에게, 뼛속 깊이 '강하고 냉정한' 삶은 애초에 불가능한 것이었다. 하루 12시간 이상, 학대 속에서 노동을 했던 구두약 공장에서의 경험은 평생 지울 수 없는 상처를 남긴다. 실제로 그는 "어른이 된 지금도, 공장 주변을 배회하며 눈물을 흘린다"고 고백한다.

스크루지가 찰스에게 "나는 네 영혼의 얼룩이야"라고 말한 장면이 깊은 인상을 남긴다. 고약한 구두쇠 스크루지는, 평소에는 다정하지만 가끔 괴팍한 행동을 하던 찰스 디킨스 내면의 모습이기도 하다. 영화는 그렇게 찰스 디킨스 내면의 빛과 어두움을 그리고 있다. 하지만 그는 어린 시절의 상처에만 머물러 있지 않았다. 자전적인 소설 「데이빗 커퍼필드」를 통해 그 상처를 극복하고 승화시키게 된다. 이후 그는 "부러지고 깨졌지만 나는 더 멋지게 태어났다"라고 당당하게 고백한다. 영화의 끝 무렵, 그가 만나는 인물의 이름이 커퍼필드라는 것이, 머잖아 소설 「데이빗 커퍼필드」를 쓸 것을 암시한다. 그리고 그는 아버지와도 화해한다.

찰스 디킨스가 내면의 분투 속에서 6주 만에 써 내려간 「크리스마스 캐럴」은 그해 크리스마스 이브에 완판되었고, 기부금도 폭증했다고 한다. 그리고 그 어떤 설교보다도 사람들에게 선한 마음을 일깨웠다는 찬사를 받았다.

"셰익스피어는 영국의 자랑이고, 찰스 디킨스는 영국의 사랑이다"라는 말처럼, 대중적인 인기를 한 몸에 받았던 소설가 찰스 디킨스. 영화를 통해 그의 인생을 다각도로 들여다볼 수 있어서 좋다. 개인적으로는, 소설 속 인물들을 현실로 불러낸 판타지 영화라 더 좋았다.

〈미스 페티그루의 특별한 하루〉를 연출했던 바랫 낼러리가 감독을 맡았고, 〈미녀와 야수〉의 댄 스티븐스가 인간적이고 매력적인 찰스 디킨스를 연기한다. 〈사운드 오브 뮤직〉의 크리스토퍼 플러머가 스크루지를 맡아 무르익은 연기를 선보인다(폰 트랩 대령의 나이 든 모습이 세월 무상을 느끼게 한다). 크리스마스가 배경이지만,

한여름에 보아도 매력적인 영화다. 19세기 런던의 풍경과 분위기를 맛보는 것도 충분히 흥미롭다.

화가 고흐가 동생에게 보낸 편지에서 "모든 사람이 읽고 또 읽어야 할 심오한 이야기"라 말했던 찰스 디킨스의 소설. 영화를 보고 나면 새삼 그의 소설들이 읽고 싶어질 것이다.

현대 미술사의
가장 매혹적인 컬렉터

'페기 구겐하임 : 아트 애딕트'
리사 아모르디노 브릴랜드 감독
2015 미국

한 편의 영화를 통해 전혀 몰랐던 세계를 들여다보는 것은 흥미진진한 일이다. 〈페기 구겐하임: 아트 애딕트〉는 평소 접하기 힘든 미술 컬렉터의 세계를 낱낱이 보여준다. 주인공은 전설적인 거물 컬렉터 페기 구겐하임이다.

부유한 광산업자의 딸이자, 대부호 구겐하임의 가문에서 태어난 그녀는 서점에서 일하면서 당대의 지식인들과 교류하게 된다. 예술에 눈을 뜬 그녀는 미국에서 파리로 건너오게 되고, 그 후 남편의 지인이던 마르셀 뒤샹에게서 많은 것을 배우게 된다. 미술의 개념을 바꾸어놓은 뒤샹(소변기를 작품으로 내어놓아 미술계를 발칵 뒤집어 놓았던)과의 만남은 그녀에게 새로운 세상을 보여주었다.

제2차 세계대전이 터지자 그녀의 수완은 빛을 발하게 된다. 화가들은 작품을 팔지 못해 안달이었다. 그녀는 수많은 미술품을 헐값에 사들이는가 하면, 사비를 들여 예술가들의 미국 망명을 도와주기도 한다. 또한, 그림들을 세간살이 속에 숨겨 미국으로 옮겼다. 유대인이지만, 나치를 두려워하지 않는 그녀의 담력과 기지는 놀라운 것이었다. 결국, 유럽 중심이던 미술을 미국으로 옮겨왔다는 평가를 받기에 이른다.

다큐멘터리인 이 영화는 전기 작가와 페기의 인터뷰로 시작되며, 다양한 인물들이 그녀에 대한 추억, 또는 평가들을 이야기한다. 특히 배우 로버트 드 니로의 인터뷰가 눈길을 끈다. 화가였던 부모님이 페기의 화랑에서 전시회를 연 적이 있다는 것이다. 그의 나이 세 살 때였다. 영화는 또한 그녀가 교류했던 당대 명사들을 언급한다. 마르셀 뒤샹을 비롯해서 몬드리안, 자코메티, 살바도르 달리, 칼더 등등 전설적인 화가들의 이름이 등장한다. 특히 그녀가 교제했던 남성들의 명단이 보는 이를 놀라게 한다. 여기에는 「고도를 기다리며」의 작가 사무엘 베케트도 끼어있다.

그녀가 교류했던 화가들 중 주목을 끄는 것은 미국 현대 미술의 대표주자 잭슨 폴록이다. 몬드리안의 조언으로 페기는 이 무명의 화가를 전폭적으로 지원한다. 생활비를 주고, 시골에 집을 마련하여 그림만 그릴 수 있도록 도운다. 잭슨 폴록을 거물로 키운 것은 그녀라고 해도 과언이 아닐 정도다. 페기는 이렇게, 단순히 미술품을 수집한 데서 그치지 않고 가난한 예술가들의 후원자 역할로도 높은 평가를 받는다.

미술계에서는 이렇듯 거물로 대접받지만, 그녀의 인생은 그리 행하지 않았던 것 같다. 몇 번의 결혼 실패, 화가였던 딸의 자살 등이 겹쳐 불행하고 외로운 삶이었다. 그토록 수많은 명사와 관계(그녀의 섹스 집착은 유명하다)를 가진 것도 지독한 외로움 탓으로 보인다. 영화는 그녀의 열등감에도 주목한다. 강하게 보이지만 의외로 내성적이며, 외모에 대한 열등감도 심했다는 것이다. 그 모든 것들이 결국 '아트 애딕트(Art addict)' 즉 예술 중독이라 할 만큼 미술품 수집에 몰두하게 했던 것이다.

그 외로움의 근간에는 어린 시절, 사랑했던 아버지의 이른 죽음(저 유명한 타이타닉호의 침몰로), 가정교사에게서 교육받았기에 친구가 없었던 것, 친척들의 정신질환 및 자살 등등 다양한 원인이 있는 것 같다. 1960년에 펴낸 회고록에서 자신의 삶, 특히 남성 편력을 지나치게 솔직하게 밝힌 것이 그녀에 대한 논란을 더욱 분분하게 만들었다.

그녀의 삶에 대한 평가는 차치하고, 유럽 중심이던 미술을 미국으로 옮기는 데 지대한 역할을 한 것만은 분명해 보인다. 그러기에 미술사가 존 리처드슨은 "페기 구겐하임은 미국에서 일어난 가장 중요한 예술 운동의 완벽한 지휘자였다"라고 말했다. 그녀의 전설적인 컬렉션은 사후 뉴욕 구겐하임 미술관(숙부인 솔로몬 구겐하임이 설립)에 기증되었다. 또한, 마지막으로 생애를 보냈던 베네치아의 저택은 '페기 구겐하임 미술관'으로 개조되어 수많은 관광객의 발길을 사로잡고 있다.

"20세기 현대 미술사의 가장 매혹적인 컬렉터"라 불리는 페기 구겐하임. 영화를 통해 외롭고 불행했던 삶을 예술에 대한 사랑(수집)으로 대치했던 한 거물의 이야기를 생생하게 들어볼 수 있다. 개인적으로는 평범함의 소중함을 되새겨 보았던 시간이었다. 전설적인 거물의 이면을 보며, 아무래도 재물이나 업적이 곧 행복을 말해주는 것은 아니라고 새삼 생각해본 것이다.

별의 화가와 꽃 핀 아몬드나무

'반 고흐 : 위대한 유산'
핌 반 호브 감독 2013 네델란드

화가 고흐에 대한, 조금 색다른 영화를 봤다. '태양의 화가' '영혼의 화가'라 불리는 빈센트 반 고흐. 커크 더글라스가 고흐로, 안소니 퀸이 고갱으로 나왔던 〈열정의 랩소디〉부터 최근작 〈러빙 빈센트〉까지, 그에 대한 영화는 무척 많다. 그만큼 그의 삶이 극적이기 때문이다. 〈반 고흐 : 위대한 유산〉은 조카의 시선으로 본 고흐의 삶이다.

고흐의 조카인 빈센트 빌렘 반 고흐는 삼촌이 남겨준 그림 때문에 심한 압박감을 느낀다. 부모님이 돌아가시자 물려받은 그 그림들 때문에 스트레스가 심한 것이다. 그는 그림들을 속히 처분하고 자유로워지려 하지만, 그 그림을 좋아하는 아내는 반대한다. 그들은 그림을 팔려고 간 파리에서 고흐의 흔적들을 찾아 여행하게 된다. 생 레미, 오베르 쉬르 우아즈 등을 여행하면서, 삼촌은 자기밖에 모르는 사람이었다고 생각했던 것에 변화를 일으키게 된다. 자신의 탄생을 그토록 기뻐했으며, 내면의 따스함을 잃지 않았던 마음을 느끼게 된 것이다. 마침내 그는 그림을 팔려던 생각을 접고, 암스테르담에 반 고흐 미술관을 설립하게 된다.

영화는 조카 빈센트와 삼촌 빈센트의 삶을 번갈아 보여준다. 19세기와 20세기가 교차되어 나오는 셈이다. 고흐의 나라 네델란드에서 제작되었다는 점이 각별하다. 그만큼 다른 어떤 영화보다 고흐에 대한 애정이 깊어 보인다. 그리고 고흐의 죽음이 자살이 아니었음을 암시한다. 영화 〈러빙 빈센트〉(2017)에서 보듯, 하숙집 딸의 증언을 통해 동네 불량배들의 소행일 것이라고 한다. 고흐에 대한 애정으로 가득한 이 영화를 보고 나면 새삼 깨닫게 된다. 고흐가 얼마나 외로운 사람이었는지, 또한, 얼마나 따뜻한 마음과 순수한 영혼의 소유자였는지를. 조카 빈센트가 새롭게 느낀 점도 그런 것이었을 것이다.

몇 년 전, 런던과 파리의 미술관들을 순례했을 때 가장 기억에 남는 것이 바로 고흐의 그림이었다. 파리의 오르세 미술관에서 보았던 '론강의 별이 빛나는 밤'이었다. 그림을 실제로 보는 것이 그토록 다르다는 것을 알았다. 그림 속의 별이 진짜처럼, 아니 진짜보다 더 찬란하게 반짝이고 있었다. 해바라기 그림 때문인지, 열정적인 삶 때문인지 '태양의 화가'로 불리지만 나는 그를 기꺼이 '별의 화가'라 부르고 싶다. 잊을 수 없는 그림 속 별 때문이기도 하지만, 그만큼 순수한 사람이었기 때문이다. 이 세상에 존재하지 않는 이상적인 그 무엇을 추구한 사람 같다. 그러니 오직 그림을 그릴 때만 행복했을 것이다.

고흐는 죽기 얼마 전에 쓴 편지에서 "종종 조카를 생각한다. 그림을 그리느라 온 신경과 에너지를 쏟아붓기보다는 아이를 기르는 게 분명 더 낫다고 생각한다"라고 했다. 고흐는 조카의 탄생을 몹시 기뻐했다. 그리고 갓 태어난 조카의 방에 걸어두라며, 한 장의 그림을 보낸다. 바로 '꽃 핀 아몬드나무'였다. 아몬드나무는 이른 봄에 꽃이 핀다고 한다. 새 생명 탄생을 축하하기에 알맞은 그림이다. 물질적 지원을 아끼지 않았던 동생 테오는 아들이 태어나자, 형의 이름인 빈센트로 지으며 형에게 대부가 되어달라고 했다. 고흐의 삶에서 가장 기뻤던 일 중의 하나였을 것이다.

동생 테오에게 보낸 편지에서 그는 이 세상을 '신의 실패작'이라 진단했다. 하지만 그는 또 이렇게 썼다. "우리가 살아가야 할 이유를 알게 되고, 자신이 무의미하고 소모적인 존재가 아니라 무언가 도움이 될 수도 있는 존재임을 깨닫게 되는 것은 다른 사람들과 더불어 살아가면서 사랑을 느낄 때인 것 같다"라고. 결국, 그가 남긴 '위대한 유산'은 '사랑'이었고, 그것을 깨달은 조카 빈센트는 그림을 팔아치우는 대신, 그를 기리는 미술관을 설립하기로 했던 것이다.

이 영화를 함께 본 사람의 눈가가 촉촉했던 것을 기억한다. 고흐의 지독한 외로움에 자신의 것이 투사되었기 때문이었을까. 알고 보면 누구나 외롭다. 그리고 그 외로움의 해독제는 여전히 사랑이다.

진정한 사랑이 사라진 시대

'사랑의 시대'
토마스 빈터베르그 감독 2016 덴마크

덴마크 하면 떠오르는 단어가 있다. 바로 '휘게'다. 편안하고 안락한 상태를 말하는 '휘게'는 소박한 행복을 일컫는 표현으로 우리나라에서도 인기를 끌었다. '휘게' 덕분인지 덴마크는 행복지수가 가장 높은 나라로도 알려져 있다. 하지만 내가 본 덴마크 영화들은 대체로 어두웠다. 거장 라스 폰 트리에 감독의 영화들이 그랬고, 토마스 빈터베르그 감독의 〈더 헌트〉가 그랬다. 진지한 영화들만 소개되어서일까? 소박한 행복 이면에 감춰진 어두운 면을 이야기하고 싶어서일까? 〈사랑의 시대〉 역시 사랑 이야기임에도 진지하고 묵직하다.

대저택을 상속받은 에릭은 부인인 안나의 제안으로 친구들과 함께 공동체 생활을 시작한다. 남자 넷과 여자 셋, 그리고 두 명의 아이들까지 자유롭고 평등한 생활 속에서 이상적인 공동체를 꾸려나간다. 하지만 교수인 에릭이 제자 엠마와 사랑에 빠지게 되고, 그녀의 등장으로 이들의 삶에는 균열이 생긴다. 안나는 남편의 사랑을 담담하게 받아들이지만, 그녀의 내면은 갈수록 무너져간다. 이상과 현실 사이에서 그녀는 어떤 선택을 할까?

영화는 감독의 실제 경험을 바탕으로 만들어졌다. 각본, 감독을 맡은 토마스 빈터베르그는 7세부터 19세까지 공동체에서 살았다고 한다. 영화의 시대적 배경인 1970년대에는 그런 공동체가 많았다. 억압에 대한 저항으로 유럽 전역에 불어 닥쳤던 '68 혁명'의 영향이었다. 덴마크가 자랑하는 감독답게, 공동체와 개인에 대해 많은 질문을 던지게 한다. 감독은 어디까지나 사랑 이야기임을 강조하지만 말이다.

공동체 생활을 처음 제안한 것은 안나였다. 자신은 그런 체질이 아니라며 남편은 반대한다. 안나가 공동체를 제안한 이유는 "현재 생활이 지루하기 때문"이었다. 그것이 몰고 올 파국을 짐작조차 못 한 채. 이채로운 것은 딸 프레아의 시선이다. 에릭과 안나의 딸인 10대 소녀 프레아는 엄마와 아빠, 그리고 함께 사는 어른들을 조용히 관찰한다. 무너져가는 엄마의 모습을 보며, 공동체를 떠나라고 말하는 것도 프레아다. 어른들을 더는 신뢰할 수 없을 때, 소녀는 자신의 방식으로 스스로 어른이 되려고 한다.

프레아의 시선이 바로 어린 시절 자신의 것이라고 감독은 고백한다. 이혼한 부모님이 공동체를 떠날 때도 자신은 그곳에 머물렀다고 한다. 어른들이 무책임할 때, 아이가 짊어져야 할 책임감은 너무나도 무거운 것이라고 그는 덧붙인다. 영화의 스토리가 픽션이라고 하지만, 감독의 자전적인 이야기가 많이 들어있음을 짐작해볼 수 있다.

프레아를 좋아하던 꼬마 빌라스의 죽음도 상징적이다. 심장병을 앓던 그는 어린 나이에 목숨을 잃는다. “빌라스는 사랑이 사라진 시대에는 살 수 없어 하늘나라로 갔다”고 아빠는 말한다. 사랑과 이상으로 충만했던 한 시대가 사라졌음을 선언하는 듯하다. 빌라스의 죽음은 그렇게 순수했던 한 시대가 저물었음을 상징한다. 그것은 한 시대의 소멸인 동시에 주인공 안나의 사랑 역시 사라졌음을 말한다.

베를린영화제 여우주연상에 빛나는, 안나 역의 트린 디어홈의 연기가 압권이다. 냉철한 이성으로 무장하지만, 요동치는 감정 앞에서 흔들리는 여인의 심리를 생생하게 표현해낸다. 비록 문화는 다르지만, 사람의 마음은 똑같음을 확인하게 된다. 인간의 심리를 꿰뚫는 듯한 스토리의 힘이 보는 이의 공감대를 이끌어내는 것이다.

영어 제목은 공동체를 나타내는 〈commune(코뮌)〉이다. 그런

데 우리나라에서 붙인 제목 〈사랑의 시대〉는 역설적으로 보인다. 진정한 사랑이 사라진 시대이기 때문이다. 영화는 사랑이 넘치는 시대, 이상향을 꿈꿨던 시대에 대한 실패담이다. 현실과 이상 사이에서 무너져 내렸던 인간들에 대한 기록이다.

그럼에도 우리는 여전히 '사랑의 시대'를 포기할 수 없다. "행복은 수레일 뿐, 수레를 끄는 말은 사랑"이라고 한 조지 베일런트의 말대로 사랑 없이 우리는 행복할 수 없기 때문이다.

단순함과 순수함이라는 무기

'트래쉬'

스티븐 달드리 감독 2014 영국

앤디 멀리건의 소설 「안녕, 베할라」를 영화로 만든 〈트래쉬〉는 몇 년 전, 전주국제영화제에서 본 영화다. 그때는 단순히 시간이 맞아 봤는데 〈빌리 엘리어트〉의 스티븐 달드리 감독, 〈노팅힐〉의 리차드 커티스 각본에 워킹 타이틀 제작이란 건 뒤에 알았다. 그야말로 전설적인 이름들의 조합이다. 야외상영이었는데, 꽉 들어찬 관객들과 함께 분위기만으로도 마냥 설레고 행복했던 기억이 있다. 이번에 다시 보니 영화를 끌고 가는 힘이 강력하고 메시지가 뚜렷해서, 처음 보는 영화처럼 새로웠다.

브라질의 거대한 쓰레기장에서 일하며 살아가는 소년들이 의문의 지갑을 발견하며 벌어지는 모험을 그린 영화다. 세 소년이 펼치는 흥미진진한 모험을 통해 부패한 정치인과 타락한 경찰 등 비열한 어른들의 세계를 묘사한다. 불의에 굽히지 않는 소년들의 용기가 부패한 권력의 민낯을 드러내는 데 큰 역할을 한다. 감독의 능수능란한 연출력 속에 냉철한 현실 비판과 동화 같은 이야기가 공존하며, 보고 나면 관객에게 질문을 던지는 영화다.

왜 이런 일을 하느냐는 질문에 소년들은 한 마디로 대답한다. "그것이 옳은 일이니까요." 참 단순하고 명쾌하다. 이 단순함이 실은 불편했다. 세상은 단순함만으로 살아갈 수 없다는 걸 알 만큼 나이가 들었으니까. 순수함으로 이길 수 없는 세상임을 알 만큼 많은 일을 겪었으니까. 마틴 쉰이 연기하는 신부님도 소년들에게 "그저 적당히 하라"고 말한다. 하지만 그들은 끝까지 할 일을 한다. 이야기는 재미있었지만, 지나치게 낙관적인 마무리도 마음에 썩 들지는 않았다. 언제부터 이렇게 현실적으로 된 건지 스스로 놀랄 정도다. 꿈을 꾸고 희망을 품고 사는 것에 지친 걸까.

며칠 전, 느린 우체통에서 일 년 만에 엽서가 왔다. 영양 주실마을, 시인 조지훈의 생가에 들렀다가 쓴 것이다. '일 년 뒤 어떤 모습일까?'라고 나는 나에게 썼다. '꿈을 찾았기를, 또 새로운 꿈을 찾아 길 나서기를' 바란다고 썼다. 일 년 전 나는, 그토록 낭만적이었던 것이다. 한 살 더 먹고, 여러 일을 겪고 나니 냉

소적으로 되어 버린 것 같다. 하지만 무엇을 탓할 수 있을까. 조지훈의 시를 중얼거려본다. "꽃이 지기로서니 바람을 탓하랴."

단순하고 순수한 소년들의 모험을 보며, 꿈꾸지 않는 삶은 살아있는 삶이 아니란 생각을 다시 한다. 쓰레기장에서 살던 빈민가 소년들이 아름다운 바닷가에서 물고기를 잡으며 행복하게 사는 엔딩이 비현실적이라고 코웃음 치는 게 어른의 반응일 필요는 없다고. 그 아이들이 그렇게 행복해지는 소망을 담은 착한 어른들이 만든 영화를 단순하게, 순수하게 좋아할 수도 있는 것이다.

탄광촌에서 자란 소년이 발레리노가 된, 꿈같은 이야기 〈빌리 엘리어트〉도 실화였다. 현실이 영화나 소설을 앞지르는 것이다. 그러므로 조금은 더 단순하게, 순수하게 꿈꾸어도 좋을 것이다. 일 년 뒤 나는 어떤 모습일까를 상상하며, 꿈꾸며 또다시 느린 우체통에 엽서를 넣어 보내야겠다.

웨스 앤더슨의 상자 속 세상

'문라이즈 킹덤'
웨스 앤더슨 감독 2012 미국

〈그랜드 부다페스트 호텔〉로 관객과 평단 모두에 찬사를 받은 웨스 앤더슨 감독은 가장 좋아하는 영화의 하나로 히치콕 감독의 〈이창〉(rear window)을 꼽았다. 1957년 작이지만, 지금 봐도 재미있는 〈이창〉은 관음증 혹은 '엿보기'에 대한 영화다. 네모난 화면을 통해 누군가의 삶을 엿보는 것은 영화의 속성이기도 하다. "영화의 환상을 위해 세상을 상자 속에 넣는다"고 한 웨스 앤더슨이 특별히 좋아할 만한 영화인 것이다. 생각해보면 자기만의 독특한 표현법을 가진 감독의 영화를 찾아보는 건 무척 즐거운 일이다.

제65회 칸영화제 개막작인 〈문라이즈 킹덤〉(moonrise kingdom)

은 1965년, 가상의 섬 뉴 펜잔스 섬을 배경으로 12살 소년, 소녀의 실종을 다룬 이야기이다. 위탁 가정을 전전하는 고아 소년과 부유하지만 외로운 왕따 소녀가 함께 '사랑의 도피'를 떠난다는 이야기다. 화사하고 예쁜 구도에 아기자기한 소품들이 가득한 영화지만, 결코 아이들을 위한 이야기는 아니다. 영화 속 아이들은 조숙하고, 어른들은 대책이 없다. 아이들은 어른 같고 어른들은 아이 같은 것이다. 파스텔톤의 영상 안에는 상처받은 아이, 그리고 진정한 관계를 이루지 못한 어른들이 있다. 이들은 모두 외롭다. 얼핏 동화 풍이지만, 말하자면 잔혹 동화인 셈이다. 이것이 웨스 앤더슨이 본 세상이다.

〈문라이즈 킹덤〉이란 소년과 소녀의 도피처, 그들만의 아지트 이름이다. 사랑의 도피행을 한 문제아, 외로운 소년이던 샘은 결국 가족이 생긴다. 그에게 손을 내미는 사람은 역시 외로운 어른인 경찰, 브루스 윌리스다. 아무리 조숙해도 아이들이 먼저 어른에게 손 내밀기는 어렵다. 결국, 아이들을 보호해야 하는 건 언제나 어른인 것이다. 아이들이 행복해지는 영화의 엔딩이 따뜻하다.

"영화는 억압되어야만 하는 욕망을 안전한 방식으로 경험하게 만든다"는 칼 융의 말을 했을 때, 그럼 소설과 뭐가 다르냐고 묻던 분이 생각난다. "그 어떤 예술도 영화가 하듯 우리의 감정 속으로 직접 들어가지 못한다"는 잉마르 베리만 감독의 말로 답을 대신하고 싶다. 상처받은 아이들이 자신들만의 아지트를 찾아 떠나는 〈문라이즈 킹덤〉은 사랑스럽고도 발칙한(?) 모습으로 다가와 잊을 수 없는 이미지로 마음에 새겨진다. 이것은 외로운 소년이었던 감독 자신의 모습이기도 하다. 부모의 이혼으로 힘겨워하던 소년 웨슬리 웨일즈 앤더슨은 가장 사랑받는 감독의 하나로 우뚝 섰다.

감독의 이름을 보고 영화를 하나하나 찾아보는 것은 흥미진진한 일이다. 서로 다른 색깔, 서로 다른 시선이 보여주는 세상을 엿보는 건 참 풍요로운 경험이다. 예를 들면 '비주얼리스트'에 스타일을 중시하는 웨스 앤더슨의 영화들을 보고 나서, 사회주의 리얼리즘에 행동파인 켄 로치 영화들을 찾아본다든지 하는 식으로 말이다. 극과 극이라 할 만큼 다른 시선의 영화들을 골고루 찾아본다면 세상을 보는 시각이 훨씬 넓어질 것이다.

인생 영화라 할 만큼 좋았던 영화가 뭐냐고 누가 묻는다면, "가장 아름다운 날은 아직 살지 않은 날들이다"라고 한 시인의 말을 빌려 대답할 것이다. "가장 멋진 영화는 아직 보지 않은 영화다."

포뢰섬에서 쓴 사랑의 마지막 장

'베르히만 아일랜드'
미아 한센러브 감독 2021 프랑스 외

자신의 내밀한 이야기를 내보이는 건 쉽지 않은 일이다. 어떤 이야기를 하든 자신의 한 부분이 드러나는 게 작가의 숙명이지만, 대놓고 자전적 이야기를 한다는 건 용기가 필요한 일이다. 〈다가오는 것들〉로 베를린영화제에서 감독상을 받았던 미아 한센러브 감독이 자신의 창작과 사랑, 그리고 이별 이야기를 영화에 담았다. 그녀는 〈퍼스널 쇼퍼〉의 올리비에 아사야스 감독과 오랜 연인이었다.

영화 〈베르히만 아일랜드〉에서 영화감독 커플인 크리스와 토니는 각자의 시나리오를 쓰기 위해 스웨덴의 포뢰섬으로 향한다. '20세기 최고의 감독' 잉마르 베리만(제목의 베르히만은 틀린 표기다)

이 말년에 기거한 곳으로, 〈창문을 통해 어렴풋이〉 〈페르소나〉 〈결혼의 풍경〉 등을 촬영한 곳이다. 아름다운 포뢰섬에서 남편 토니는 순조롭게 작업이 진행되지만, 크리스는 집필에 어려움을 겪는다.

배우 탕웨이와 김태용 감독이 결혼식을 올려 우리에게도 낯설지 않은 포뢰섬은 영화인들의 성지와도 같은 곳이다. 섬 곳곳에는 베리만 감독의 흔적들로 가득하다. 재미있는 건 섬사람들은 감독을 잘 모르거나, 관심이 없다는 것이다. 토니는 단체로 섬 투어를 하며 베리만 감독의 자취를 따라다니지만, 크리스는 우연히 마주친 영화과 학생의 안내로 포뢰섬의 아름다운 바다와 자연에 한껏 취한다. 작업에 진전이 없어 섬을 헤매던 크리스는, 마침내 머릿속에 떠오른 이야기를 토니에게 들려준다. 하지만 그는 집중하지 못하고 자신의 업무에 바쁘다. 크리스는 홀로 에필로그를 완성한다.

가장 흥미로운 건 에필로그에서 자신과 상상 속 인물이 만나는 지점이다. 이별을 인정하지 못하고 아파하며, 미련을 떨치지 못했던 상상 속 여인이 자신임을 섬세하게 전한다. 이 영화가 '경계' 혹은 '사이'에 관한 이야기임을 또렷하게 말한다. 사랑과 이별 사이, 현실과 픽션 사이, 그리고 예술과 일상 사이의 간극 말이다. 영화의 시작 부분에 '위대한 예술가' 베리만 감독의 사생활에 관한 언급이 나온다. 5번의 결혼과 9명의 아이들. 그 중엔 아버지 얼굴을 모르고 자란 아이도 있었다는 것 등등. 토니는 "50편의 영화와 수백 편의 연극을 만든 예술가가 아이 기저귀 갈아줄 시간은 없다"고 말한다. 하지만 크리스는 존경하는 감독이지만, 사생활이 엉망인 건 싫다고 말한다. 인생의 근원적인 질문을 던진 '영상 철학자'였던 베리만 감독은 스스로의 삶을 어떻게 생각했을까.

미아 한센러브 감독은 어느 인터뷰에서 "베리만 감독은 인간의 가장 어두운 구석을 관찰했지만, 내가 추구하는 건 우리 삶 속에 있는 빛을 발견하는 것"이라 했다. 그 말을 입증하듯, 엔딩 장면에서 감독의 페르소나인 크리스는 어린 딸을 힘껏 껴안는다. '어떤 아픔과 상처 속에서도 삶을 사랑하고 끌어안을 것'이라 말하는 것 같다.

〈다가오는 것들〉에서 삶의 위기를 뚫고 나가는 것이 독서(철학)였다면, 이 영화는 사랑과 이별, 아픔과 행복, 그 모두를 있는 그대로 껴안는 거라 말한다. 불안과 염려로 잠을 뒤척이다 깬 날, 엔딩 장면을 떠올리며 생각했다. 두려움 없이, 다만 삶의 모든 부분을 그렇게 껴안자고.

위기 속에서 부르는
삶의 찬가

'127시간'
대니 보일 감독 2010 미국 · 영국

〈슬럼독 밀리어네어〉로 아카데미와 골든글로브 주요 부문을 휩쓸었던 대니 보일 감독은 다음 작품으로 〈127시간〉을 선택했다. 영화 〈127시간〉은 27살의 모험가 아론 랠스톤의 자서전을 바탕으로 한다.

2003년 4월, 미국 유타주의 블루존 협곡에서 홀로 등반을 즐기던 아론은 날아온 바윗돌에 한쪽 팔이 낀 채로 갇히게 된다. 평소처럼 주말을 즐기려던 그는, 영원과도 같은 127시간 즉, 닷새하고도 일곱 시간을 맞이한다. 영화는 고통 속에서 시시각각으로 변하는 생각과 마음, 그리고 고통의 시간을 지나 마침내 탈출하게 되는 과정을 다루었다.

제83회 아카데미 작품, 감독, 남우주연상을 비롯한 6개 부문 후보에 올랐던 이 영화는 각본, 감독, 제작을 겸한 대니 보일의 뛰어난 연출과 리듬감 있는 편집이 눈길을 사로잡는다. 또한, 주연을 맡은 배우 제임스 프랭코의 빼어난 연기가 영화에 생동감을 불어넣는다. 시작부터 귀를 사로잡는 음악 또한 탁월하다. 모험영화지만 액션에 비중을 두기보다, 인물의 의식을 따라가며 삶을 돌아보게 하는 독특한 영화다. 영화답게 극적인 요소도 가미했지만, 자서전의 내용을 충실히 담고 있다.

자신만만하게 모험을 즐기던 젊은이가 사고를 당한 순간, 극단의 고립 속에서 떠올린 것은 무엇일까. 침착해야 한다고 스스로를 다잡던 그는 빠져나갈 길이 없음을 깨닫자, 사랑하는 사람들을 떠올린다. 그리고 캠코더로 유언이 될 메시지를 녹화한다. 행선지를 알리지 않았음을, 좀 더 자주 연락하지 않았음을 후회한다. 위기의 순간에 그를 붙잡은 것은 사랑하는 이들과의 유대관계였다. 마치 환상처럼 사랑하는 가족과 친구들이 자신을 둘러싸고 있는 모습을 본다. 또한, 미래의 아들이 자신을 바라보고 있는 모습을 본다. 그렇게 절체절명의 위기를 이겨내고, 마침내 스스로 팔을 자르고 자유를 얻는다.

실화라고 하니 망정이지 도무지 믿기지 않는 이야기다. 영화를 보고 자서전을 읽어보니, 그에게는 선택의 여지가 없었음을 알았다. 피가 통하지 않는 팔은 썩어들어가고 있었다. 가만히 있으면 어차피 죽는 것이었다. 살아있는 한 그렇게 결단할 수밖에 없었다. 팔을 자르는 고통보다 자유를 얻은 기쁨이 더 컸다는 것도 알았다. 자서전은 시간마다 변하는 그의 마음을 자세하게 기록하고 있다.

조셉 캠벨은 「신화의 힘」에서 사람은 삶의 의미를 찾지만, 정작 구해야 할 것은 '살아있음의 경험'이라 했다. 아론이 엔지니어를 그만두고 모험가로 나섰던 이유다. 그러나 사고 이후에는 살아있음 자체가 하나의 큰 의미이고, 경험임을 알게 되었다. 마지막 장면, 장애를 입은 채 수영을 즐기는 실제 아론의 모습은 감동적이다. 살아있음을 만끽하며, 사고를 '축복'이라 하는 그의 말이 과장은 아닐 것이다.

대니 보일 감독은 "이것은 한 인간의 영웅담이 아닌, 삶에 대한 찬가"라고 말했다. 화려한 액션이 없는 모험영화, 역설적으로 일상의 삶을 예찬하는 영화다. 영화를 흥미롭게 봤다면, 자서전을 꼭 읽어보시기 바란다. 영화는 영화대로, 책은 책대로 각각의 매력이 잘 담겨 있다. 살아있음, 즉 존재 자체가 축복이고 기적임을 알게 된다. 오늘날 우리 앞에 펼쳐지는 숱한 사고와 재난들이 증언하는 것처럼.

마음을 찾아 떠나는 여행

'바라나시'
슈브하시슈 부티아니 감독 2017 인도

한 편의 영화를 통해 낯선 곳을 여행하는 건 참 멋진 일이다. 영화 〈바라나시〉는 '인도인들의 영혼의 고향'이라는 바라나시를 잠시나마 체험할 수 있다. 인도의 젊은 감독 슈브하시슈 부티아니가 배낭여행 경험을 바탕으로 각본을 쓰고 연출했다. 베를린영화제 아시아 담당인 미나스키 쉐드 평론가가 2017 최고의 인도영화로 꼽는가 하면, 베니스영화제 10분간의 기립박수로 유명하다.

77세의 다야는 밤마다 같은 꿈을 꾸며 죽음을 예견한다. 가족의 만류에도 바라나시로 떠나겠다고 한다. 아버지를 혼자 보낼 수 없는 아들 라지브는 함께 여행을 떠난다. 그들이 도착한 곳은 갠지스강 옆, 죽음을 준비하는 사람들의 숙소인 '샐베이션(salvation, 구원)호텔'이다. 이 호텔이 정한 규칙은 15일 동안만 머무를 수 있다는 것이다. 일밖에 모르는 아들과 죽음을 고대하는 아버지의 낯설고 불편한 동거, 이들은 싸움과 화해를 반복하며 자신들의 인생을 돌아본다. 아버지는 과연 15일 안에 죽음을 맞이할 수 있을까.

마크 트웨인이 "역사보다, 전통보다, 전설보다 오래된 도시"라 말한 바라나시는 인도인들이 생을 마감하는데 가장 이상적인 장소로 여긴다. 아버지 다야가 죽음을 예견하자, 바라나시로 떠나는 이유다. 시체를 태우고 화장식을 하는 옆에서 결혼식이 진행되는 그곳은 마치 인생을 한눈에 보는 것 같다.

영화는 자칫 엄숙할 수 있는 내용에 유머를 잃지 않는다. 인도의 독특한 문화를 보여주면서도, 누구나 공감할 수 있는 정서를 담고 있다. '발리우드' 특유의 춤과 노래가 없는 색다른 인도영화다. "경쾌한 춤과 노래 대신 사실적인 캐릭터와 보편적인 감정, 따스한 기운이 영화를 채운다"는 평이 영화를 잘 드러내고 있다.

죽음이 소재인 영화지만, 세대 간의 갈등이 또 하나의 소재로 등장한다. 아버지 다야와 아들 라지브, 라지브의 딸 수니타 사이의 갈등인데, 기성세대와 젊은 세대의 갈등은 세계 어디나 마찬가지인 모양이다. 전통적인 가치를 중시하는 인도도 예외가 아니다. 그러므로 죽음이 아니라 삶을 다루는 영화인 셈이다. 죽음도 삶의 한 과정이므로.

돌아가신 이어령 선생은 그의 시 '메멘토 모리'에서 "목숨은 태어날 때부터 죽음의 기저귀를 차고 나온다"고 했다. 삶의 한 복판에 죽음이 있다는 것, 참 무겁고도 엄숙한 말이다. 호스피스 운동의 선구자 엘리자베스 퀴블러 로스도 자신의 죽음은 받아들이기 힘들어했다고 한다. 타인의 죽음은 철장 속에 갇힌 호랑이지만, 자신의 죽음은 눈앞에서 달려드는 호랑이라 표현했다고. 죽음은 누구에게나 가장 크고 무거운 인생의 숙제인 것이다.

하지만 영화는 마냥 무겁지 않다. "감히 죽음에 미소짓게 하는 영화"라는 말 그대로다. 전통과 현대가 공존하며 인생에 대한 통찰력이 담긴 영화, 그러면서도 유머를 잃지 않으니 썩 괜찮은 영화다. 한 해의 끝에서 인생을 돌아보며, 지혜를 얻고 싶은 분에게 기꺼이 추천할 만하다.

"마음에 귀 기울이고 마음이 있는 곳을 찾아라. 그래야 마지막이 편할지니"라는, 아버지 다야가 노트에 적어둔 이 말을 오래 기억하고 싶다.

마음을 나눈다는 것

'북클럽'
빌 홀더먼 감독 2018 미국

지인 몇 명과 북클럽을 시작했다. 한 달에 한 번, 같은 책을 읽고 만나서 소감을 나누기로 했다. 첫 모임을 앞두고 영화 〈북클럽〉을 봤다. 다이언 키튼을 비롯해서 제인 폰다, 캔디스 버겐 등 왕년의 명배우들 모습이 무엇보다 반가웠다. 영화는 초로의 여인네들이 진정한 자신을 찾기 위해 종횡무진 애쓰는 코미디다.

겁은 많지만, 호기심 가득한 소녀 감성 다이앤과 독신을 고집하는 호텔 CEO 비비안, 겉으로는 엄격하지만 알고 보면 허당인 연방판사 새론, 부부관계의 열정을 회복시키고 싶은 요리사 캐롤까지. 라이프 스타일은 다르지만 20대부터 한결같은 우정을 쌓아온 북클럽 4인방. 우아하고 품격있는 그녀들이 한 권의 특별한(?) 책을 만나면서 인생의 터닝포인트를 맞이하게 된다.

영화는 유쾌하고 따뜻하다. 사랑 이야기 위주라 아쉬웠지만, 주름진 얼굴로 개성 넘치는 연기를 보여주는 노배우들이 보기 좋았다. 극 중 나이는 67세로 나오는데, 실제 배우들의 평균 나이는 70 중반. 젊은 날의 미모 이상으로 매력적인 배우들의 연기가 영화를 보는 가장 큰 즐거움이다. 또 하나 마음에 닿는 것은 40년을 이어온, 네 여인의 한결같은 우정이다. 게다가 같은 책을 읽고 소감을 나누며, 서로의 삶을 응원한다는 게 얼마나 멋진 일인지.

김보라 감독의 영화 〈벌새〉에 이런 구절이 나온다. “상식만천하 지심능기인(相識滿天下 知心能幾人). 서로 얼굴을 아는 사람은 세상에 가득하지만 마음까지 아는 사람은 얼마나 있을까.” 명심보감의 한 구절이다. 배우 김새벽의 차분한 목소리로 이 대사를 들었을 때, 마음 한쪽이 시렸다. 〈북클럽〉의 네 친구처럼 서로 마음을 나누는 관계가 과연 얼마나 있을까?

내가 사는 동네에는 카페가 참 많다. 한가로운 날, 산책 겸 커피 한 잔을 위해 카페를 찾았다. 평일이었는데, 자리가 없었다. 간신히 구석 자리 하나를 차지하고 앉았는데, 대화 소리가 너무 커서 도무지 앉아 있을 수가 없었다. 들고 갔던 책은 펼치지도 못하고, 커피도 반만 마신 채 일어섰다. 매장의 음악도, 이어폰도 소용없었다. ‘드넓은 공간을 꽉 채운 이 사람들은 무슨 대화들을 하고 있을까?' 생각해봤다. 아무리 생각해도 마음을 나누는 대화들은 아니었다. 수많은 만남 속에서 마음을 나누는 시간이 얼마나 있는지. 단 한순간도 그런 시간이 없다면 그야말로 불행한 일이리라.

인간의 욕구 5단계 설로 유명한 매슬로는 말년에 자신의 주장을 바꿨다. 최고 수준의 욕구로 꼽았던 자아실현이 실은 가장 우선적인 욕구라고 했다. 생리적인 욕구, 안전의 욕구 이상으로 자아실현이 중요하다는 것이다. 그러므로 늦기 전에 뭔가 새로운 일 하나를 시작할 일이다. 북클럽이든, 영화클럽이든, 인문학 강좌를 듣든, 혹은 봉사 활동을 하든. 뭔가 자아실현에 도움이 되는 일을 하기 바란다. 그리고 무엇보다 중요한 건 마음을 나누는 만남을 가지는 것이다.

북클럽을 시작해 보니 참 좋았다. 지인의 제의에 시큰둥했던 내가 어느새 다음 책을 위해 서점에서 책을 고르고 있었다. 온라인이 아닌 진짜 서점에서 책을 고르는 즐거움을 오랜만에 맛보았다. 몇 권의 책을 골라 가방에 담으니 행복했다. 책을 읽고 소감을 나누며, 그렇게 나는, 마음을 나누는 만남을 가질 것이다.

인생의 마지막을 대하는 자세

'피아니스트의 마지막 인터뷰'
클로드 라롱드 감독 2019 캐나다

정상급의 예술가가 평생 쌓아 올린 업적이 무의미하게 느껴진다면 어떨까. 타인이 아무리 칭송한다 해도 깊은 우울감에 빠져 모든 것에 의욕을 잃는다면.

정상급 피아니스트 헨리 콜은 연주곡이 기억나지 않아 고통스럽다. 2년 만의 재기 무대다. 간신히 연주를 끝낸 그는 극장을 뛰쳐나온다. 부인의 죽음 후 깊은 우울에 빠져있는 그에게 음악 담당 기자 헬렌이 다가온다. 그녀는 자신의 연주를 무가치하게 여기며 실의에 빠진 헨리를 따뜻하게 돌봐준다. 인터뷰를 진행하면서 깊은 마음의 교류가 생기고, 헨리는 원래의 모습을 조금씩 회복해간다. 연주회를 뒤로한 채, 헬렌이 권유한 마을로 여행을 떠난 그에게 새로운 변화가 생긴다.

영화의 원제는 〈CODA〉. 이태리어 꼬리에서 유래한 음악 용어로 곡의 종결부를 뜻한다. 여기서는 삶의 마지막 부분을 상징하는 것 같다. 〈엑스맨〉 시리즈의 패트릭 스튜어트와 톰 크루즈의 전 부인으로 유명한 케이티 홈즈가 주연을 맡았다. 베테랑 두 배우의 연기 앙상블이 뛰어나다.

센트럴 파크, 링컨 센터, 프랑스 페리고르, 스위스 알프스 등의 아름다운 배경이 영화를 빛나게 한다. 무엇보다 베토벤, 바흐, 슈만, 쇼팽, 슈베르트 등 27곡의 클래식 연주가 귀를 즐겁게 한다. 몬트리올 국제 음악 콩쿠르에서 우승한 세르히 살로브가 전 곡을 연주했다. 영화 후반부에 카메오로 출연해 베토벤 피아노 소나타 30번을 연주한다.

영화의 첫 대사가 인상적이다. "음악이 없다면 인생은 한낱 실수일 뿐이다"란 프리드리히 니체의 말이다. 그가 실제로 묵었다는 스위스 마을이 주요 배경으로 등장한다. 이야기 구조는 다소 밋밋하지만, 주인공의 깊은 고뇌 속에 흘러나오는 아름다운 음악과 배경이 눈과 귀를 황홀하게 한다.

모든 것이 덧없고 무의미하게 여겨지는 것은 누구나 한 번쯤 겪는 일이다. 유명인이 아니더라도, 헨리의 방황은 충분히 공감이 가는 이야기다. 얼마 전 힘든 일이 있을 때였다. 문득 영화 속 헨리의 고독한 여정이 떠올랐다. 산길을 홀로 걸으며 '니체 바위'를 만지고 서 있는 그의 모습을 기억했다. 니체가 '영원회귀' 사상을 떠올렸다는 그 바위다. 긴 세월 그곳을 묵묵히 지키고 있는 바위. 나도 함께 그 바위를 만지고 서 있는 기분이었다. 음악과 풍경, 그리고 깊은 고민에 빠진 예술가 옆에서 조용한 위로를 얻었다.

결국, 헨리를 구원한 것은 사랑이고, 음악과 삶에 대한 감사였다. 연주를 포기하려는 그에게 헬렌은 존경과 사랑으로 찬사를 보낸다. 인터뷰 기사를 통해 그녀는 이렇게 말한다. 그의 연주는 "살아있는 것이 어떤 느낌인지 알려준다"고. 또한 "슈만, 바흐, 베토벤을 향한 고마움을 느끼게 한다"고 했다. 이 말에 힘을 얻은 그는 무사히 마지막 연주를 끝낸다.

영화는 조용히 묻는다. 인생의 CODA, 즉 종결부를 어떻게 장식할 건가요? 영화 덕분에 당연하게 여겼던, 고마운 것들을 떠올려 본다. 인생의 후반전을 미리 생각해봐야겠다고 마음먹는다. 영화가 참 고맙다.

사회성 제로,
어느 문제아의 인생 레시피

'어디 갔어, 버나뎃'
리차드 링클레이터 감독 2019 미국

리차드 링클레이터 감독의 영화는 독특한 매력이 있다. 여느 할리우드 영화와 다르고 유럽 영화와도 다르다. 신선하고 조금 낯설고, 대부분 사랑스럽다. 〈비포 선라이즈〉를 비롯한 '비포' 시리즈가 그렇고 〈보이후드〉가 그렇다. 〈어디 갔어, 버나뎃〉 역시 실망시키지 않는다.

시애틀로 이사 온 버나뎃은 매사에 불평이고, 사람들과 어울리지 못한다. 알고 보면 왕년에 잘 나가던 건축가지만, 일은 손뗀 지 오래다. 도도하고 까칠하기로 소문난 버나뎃의 유일한 말상대는 온라인 비서다. 사람이 아닌 기기(휴대폰) 앞에서만 진심을 털어놓는다. 남편과의 관계도 삐걱댄다. 그나마 딸과의 사이만큼은 각별하다. 담장을 사이에 두고 이웃과 다툼을 벌이던 그녀는 대형사고를 터뜨리고, 남편은 심리상담을 의뢰한다. 설상가상으로 모종의 사건에 연루되어 FBI까지 출동하자, 그녀는 흔적도 없이 사라지고 만다. 그녀는 대체 어디로 간 것일까?

뉴욕타임즈 베스트셀러인 마리아 셈플의 소설이 원작이다. 대부분 편지 형식으로 이루어진 소설을 영화화하기란 쉽지 않았을 것 같다. 원작을 지나치게 단순화시켰다는 비판이 있긴 하지만, 버나뎃이란 캐릭터를 또렷이 표현한 것만큼은 칭찬받아야 할 것이다. 이것은 물론 배우의 힘이 크다. 명배우 케이트 블란쳇이 버나뎃 역할을 맡아 빼어난 연기를 선보인다. 명작은 아니지만 사랑스러운 소품이다.

영화가 끝나고 나면 저절로 흥얼거리게 되는 노래가 있다. 엔딩을 장식하는 신디 로퍼의 'Time after time'이다. 딸과 함께 신나게 노래를 따라 부르던 버나뎃은 눈물을 글썽거리며 "가끔씩 너무 힘들다"고 말한다. 하지만 "남들이 눈치채지 못한 작은 일들에 감동한다"고 덧붙인다.

이런 장면을 보면 버나뎃은 자신을 참 잘 알고 있다는 생각이 든다. 주변 모두에게 욕을 먹고, 상담사로부터 심각한 진단을 받은 처지지만 말이다. 옛 동료를 만나 심정을 털어놓는 장면을 봐도 그렇다. 과거와 현재의 심경을 정확하게 이야기한다.

역시 리차드 링클레이터 감독의 영화인 〈버니〉가 생각난다.

잭 블랙이 연기하는 버니는 버나뎃과 정반대의 인물이다. 사회성이 뛰어나 주변 모두에게 칭찬받는 사람이다. 하지만 지나친 친절이 화근이 되어 결국 살인까지 하게 되는 인물이다. 모두에게 칭찬받지만, 정작 자신이 어떤 사람인지 몰랐던 게 비극의 시초인 셈이다. 버니와 달리 자신을 파악하고 있는 버나뎃의 결말은 훈훈하다. 꿈과 열정을 좇아가기에, 보고 나면 기분이 좋아진다.

뛰어난 재능에 사회성은 꽝이니, 한편으로 인생은 공평하단 생각이 든다. 중요한 것은 자신의 장단점을 잘 알고, 그런 자신을 돌아보며 사는 것 아닐까.

결국, 시애틀이나 이웃이 문제가 아니었다는 고백이 인상적이다. 문제는 상황이 아니라 나 자신이라는 버나뎃의 말이다. 질문도 답도 내 안에 있는 법이다.

"인생은 갈수록 지루해질 것이고, 그걸 재미있게 만들 사람은 자신뿐"이라는 대사가 오래 마음에 남는다.

JIMFF
2021
CAMINO DE
SANGJARU
상자루의 길
CHO SUNGYOON
NAM SEONGHUN
KWON HYOCHANG
PARK CHEOLWOO

THEATER

FOUR

사라지는 소중한 것들을 위하여

이들은 계속 걷고, 먹고, 연주한다. 서로의 보폭이 달라 조금씩 다툰 것, 세계 각지에서 온 사람들과의 교류, 배고픔에 접시를 싹싹 비운 소박한 음식들, 그리고 무엇보다 조금씩 완성되어가는 음악. 이때 만든 음악이 '상자루타령'과 '경북스윙'이다. 땀 흘리며, 치열하게 고민하는 청춘은 그저 아름다울 뿐이었다.

소년은 그렇게 어른이 된다

'와일드라이프'

폴 다노 감독 2019 미국

고백하자면 요즘은 영화가 보고 싶지 않았다. 힘든 시기라 그런지, 세상에는 영화보다 더 중요한 일이 얼마든지 있다고 생각됐기 때문이다. 어두컴컴한 극장이나 집안에 앉아 화면만 보고 있는 것보다는 운동이나 산책이 더 좋은 거라 여겨졌다. 하지만 〈와일드라이프〉는 이런 생각을 얼마간 바꾸어놓았다. 14살 소년의 시각으로, 자신의 의지와 상관없이 요동치는 주변의 삶을 담담하게 그려낸 작품이다. 보고 나니 마치 숨은 보석을 발견한 것 같았다.

1960년대, 몬태나로 이사 온 조의 가족은 아버지의 실직으로 위태롭다. 조는 경제에 도움이 되고자 사진관에서 아르바이트를 한다. 아버지는 마을을 괴롭히는 산불 진화작업을 위해 장기간 집을 비운다. 남겨진 엄마는 경제난과 외로움으로 힘겨워하다, 의지할 대상을 찾아 나선다. 불안한 눈으로 엄마를 지켜보던 조는, 눈이 내리면 오겠다는 아버지를 간절히 기다린다. 마침내 아버지가 돌아오지만, 이미 많은 것이 변해버렸다. 산불이 꺼졌어도 주변은 이미 폐허가 되어버린 것처럼. 이별이 정해진 부모와 함께 조는, 어쩌면 마지막이 될지 모를 가족사진을 찍는다.

풀리처상 수상 작가 리처드 포드의 소설이 원작으로, 연기파 배우 폴 다노의 감독 데뷔작이다. 〈루비 스팍스〉에서 함께 연기했던 조 카잔과 폴 다노(실제 연인이다)가 함께 각본을 썼다. 캐리 멀리건과 제이크 질렌할의 연기가 뛰어나다. 특히 엄마 역의 캐리 멀리건은 뛰어난 배우임을 증명한다. 감독으로서 폴 다노의 역량도 훌륭하다. 흔들리는 소년의 심리를 그려내는 솜씨가 탁월하다. 몬태나의 풍광과 거대한 산불도 영화의 주요 부분을 차지하며, 메시지를 훌륭하게 전달한다.

제목인 〈와일드라이프〉(Wildlife)는 야생동물이란 뜻으로, 산불이 나면 타죽고 마는 연약한 존재를 말한다. 산불처럼 거대한 사건 앞에서 흔들릴 수밖에 없는 소년의 존재를 상징하는 것 같다. "산불이 나면 동물들은 어떻게 돼요?"라는 조의 물음에 엄마는 "적응하겠지"라며, 어린 동물들은 타죽기도 한다고 말한다. 다행히도 조는 조금씩 적응해나간다. 아픔 속에서 소년은 어른이 되어가는 것이다.

"사람들은 행복한 순간을 간직하기 위해 사진을 찍는다"는 사진관 주인의 말이 인상적이다. 생각해보면 힘든 시간에는 사진을 찍지 않는다. 맛있는 음식이나 가족과 친구와의 한 컷은 모두 행복한 순간들이다. 대수롭잖은 일상의 순간들이 모두 그렇다. 얼마나 행복한 시간이었는지, 지나고 나서야 깨닫는다.

한때 세상의 전부이던 부모가 갈라서자, 소년의 세계는 요동친다. 하지만 시간이 흐르고 그 사실을 받아들일 수밖에 없다. 아슬아슬하지만, 자신을 향한 부모의 변함없는 사랑만이 버팀목이다. 다시 오지 않을 시간을 기억하기 위해 담담하게 사진을 찍는 소년을 보며, 관객들은 아픈 마음과 동시에 안도감을 느끼게 된다.

산다는 건 이렇게 아픈 일들의 연속인지도 모른다. 세상은 내 뜻과 상관없이 흘러갈 때가 많다. 그렇게 아픔을 겪으며 나이를 먹고, 조금씩 성숙해가는 게 인생 아니던가. 우리는 조처럼 어제보다 성숙한 눈빛으로, 행복한 순간의 사진을 찍어두어야 할 것이다.

〈와일드라이프〉는 또 다른 방식의 인생예찬인 것 같다.

예리하고 따뜻한 시선의 브라질 영화

'세컨드 마더'
안나 무이라에르트 감독 2015 브라질

브라질 하면 축구와 삼바, 카니발부터 떠오른다. 브라질 영화는 본 기억이 거의 없다. 베를린영화제 황금곰상에 빛나는 월터 살레스 감독의 〈중앙역〉(1998)이 브라질 영화였다. 깊은 인상을 남긴 영화 〈두 교황〉의 감독이 브라질 출신인 건 뒤에 알았다. 브라질 영화계의 현주소는 어떨까? 아주 오랜만에, 좋은 영화라고 입소문이 난 〈세컨드 마더〉를 찾아봤다. 브라질의 현재가 들어있는, 계층 간의 갈등을 이야기하는 영화다. 〈기생충〉과 닮았으나, 마지막이 전혀 다르다.

주인공 발은 보모다. 상파울루의 부잣집에서 일한다. 주인집 아들을 돌보느라, 고향에 있는 딸은 어머니 얼굴도 잘 모른다.

발의 딸 제시카는 대학시험을 위해 상파울루에 온다. 보모이자 입주 가정부로 있는 엄마와 지내며, 주인집 식구들과 여러 갈등을 겪는다. 제시카는 똑똑하고 당당하다. 발은 친딸보다 주인집 아들 파빙요를 더 아끼는 것 같다. 파빙요도 친엄마보다 발을 더 따른다. 발은 제시카와 파빙요, 둘 다에게 '세컨드 마더'인 셈이다.

당당한 제시카를 보는 엄마는 불편하다. 눈치를 전혀 보지 않는 딸, 주인아저씨의 호의를 자연스레 받아들이는 것을 보며 어쩔 줄을 모른다. 하지만 교육을 제대로 받은 똑똑한 딸은 엄마와 전혀 다른 세대다. 주인집 편만 드는 엄마를 보며 화도 낸다. 보는 이가 무안할 만큼 당당하다. 이 영화가 돋보이는 지점이다. 평화롭고 안정적이던 구도는 제시카의 등장으로 깨진다. 마침내 엄마의 세계관에도 균열이 일어난다.

선댄스영화제 심사위원특별상 연기상을 받은 엄마 역 헤지나 카제의 연기가 뛰어나다. 영화의 감동은 그녀 몫이 크다. 보모의 손에 컸던 경험을 바탕으로 시나리오를 쓰고 연출한 감독의 시각이 예리하면서도 따뜻하다. "사회 구조적 모순을 단호하게 고발한 뒤 포근하게 껴안는다"는 평 그대로다. 아카데미 외국어영화상에 브라질 대표로 출품되었고, 미국비평가협회 외국어영화 톱5에 들었다. 예테보리국제영화제 관객상 등, 다수의 영화제에서 수상했다.

영화 〈기생충〉을 보고 절망했던 생각이 난다. 서늘하고 아팠다. 지하에 갇힌 아버지를 구출할 방법은, 영원히 없어 보였기 때문이다. 가슴 깊이 상처를 입었다. 감독이 의도한 바였다. 〈기생충〉의 순한 맛이라 할 〈세컨드 마더〉를 보고는 한 가닥 희망이 생겼다. 상식과 질서를 뛰어넘는 기적 같은 일이 세상에는 엄연히 존재하니까. 어쩌면 그 희망은 사람이고, 제시카처럼 당당하고 똑똑한 젊은 세대다. 우리 기성세대의 눈에는 되바라져 보이는 젊은이들이다. 우리가 기존의 세계관과 가치관만 고집하지 않아야 미래가 있다.

딸의 시험 합격에 “너무 행복해서”라며, 한 번도 들어가 보지 못한 주인의 풀장에서 첨벙거리는 엄마의 모습이 눈에 선하다. 독특한 구석이 있는 브라질 이야기지만, 결국 모두가 공감할 이야기인 것이다. 역시 ‘기른 정’보다 ‘낳은 정’인가 싶지만, 친자식이 아닌 파빙요도 진심으로 사랑하며 키웠다. 그게 그녀의 힘이다. ‘세컨드 마더’가 아닌 첫째 엄마, 진짜 엄마다. “아이 키우는 건 내 전문이지”라고 말하는 것 같은, 그녀의 따뜻한 미소를 영화를 통해 확인하시기 바란다. 보는 내내 조마조마하지만 끝내 미소 짓게 만드는, 예리하고도 따뜻한 영화다.

영화가 주는 위로의 빛

'빛나는'
가와세 나오미 감독 2017 일본 · 프랑스

가끔 영화를 보다 졸 때가 있다. 대체로 지루하다는 뜻이다. 하지만 어느 정도의 지루함을 동반한다 해서 좋은 영화가 아니란 법은 없다. 이 영화가 그렇다. 살짝 졸릴지는 모르겠으나(취향에 따라 다르겠다) 잊지 못할, 오래도록 기억에 남을 인상적인 영화다. 얼핏 남녀의 사랑 이야기 같지만, 단순한 멜로영화는 아니다. 영화에 대해 말하는, 영화를 향한 깊은 사랑이 담겨 있는 영화다.

미사코는 시각장애인에게 영화 장면을 설명해주는 일을 한다. 어느 날 그녀는 영화 상영회에 나온 나카모리와 의견이 부딪힌다. 그는 유명 사진작가로 하루가 다르게 시력을 잃어가고 있다. 그녀는 자신의 해설에 비판적인 나카모리와 번번이 충돌한다. 하지만 서로의 아픔을 이해하며 조금씩 가까워지고, 미사코는 어느새 나카모리의 곁을 맴돈다. 나카모리의 사진집에 실린 장소를 찾으며, 치유의 여정을 시작한다. 여정의 끝에 만난 것은 '히카리'(영화의 원제. 빛이란 뜻의 일본어)였다.

〈앙:단팥 인생이야기〉의 가와세 나오미 감독은 칸이 사랑하는 감독으로 유명하다. 이 영화도 칸영화제 경쟁 부문 출품작으로, 〈앙:단팥 인생이야기〉의 나가세 마사토시가 나카모리 역을 맡아 진중한 연기를 선보인다. 모델 출신의 배우 미사키 아야메가 미사코 역을 맡아 풋풋한 매력을 보여준다. 영화 속 해설은 명배우 키키 키린이 맡았으며, '감각의 제국'으로 유명한 배우 후지 타츠야의 모습도 보인다. 가와세 나오미 감독의 영화답게 서정적인 화면들이 빛을 발한다. 자연의 빛을 최대한 이용한 아름다운 풍경들을 볼 수 있다.

이 영화의 시작은 〈앙:단팥 인생 이야기〉의 배리어프리(barier-free), 즉 시청각 장애인들을 위한 상영본의 감동이었다. 가와세 나오미 감독은 시각장애인들을 위한 음성해설가가 자신보다 영화를 더 잘 이해하고 있는 것 같다고 말했다. 육체의 눈이 아니라 마음의 눈으로, 상상력으로 영화를 감상한다는 사실이 깊은 울림을 준다.

영화가 끝난 후에도 기억에 남는 장면들이 많다. 시력을 잃은 나카모리가 '내 심장'이라던 카메라를 바닷속으로 던져버리는 장면, 그가 마지막으로 찍은 미사코의 얼굴, 미사코의 엄마가 산 위에서 돌아오지 않는 남편을 기다리는 장면 등등. 하지만 그중에서 가장 아름다웠던 것은 엔딩 자막이 흐른 후, 실제로 배리어프리 상영관에서 환하게 웃으며 영화를 감상하고 있는 시각장애인의 모습이었다. 그 표정은 영화의 힘을 웅변으로 말해준다.

가와세 나오미 감독은 영화를 만드는 것이 스스로를 치유하기 위한 것이라고 말한 적이 있다. 부모 없이 자란, 외로운 소녀였던 그녀가 영화를 만들며 치유된 것처럼 상처 입은 이들이 영화를 통해 위로를 얻기 바라는 것이다.

절망 속에서도 여전히 살아갈 이유를 말해주는 이 영화는, 영화를 향한 감독의 사랑이 반짝반짝 빛나는 영화다. 이 영화를 보며, 그간 영화의 힘을 과소평가하고 있지 않았는지 반성해본다. 동시에 관객들로 북적이던 극장이 새삼 그리워진다.

'영원한 도로시'의 슬픈 이야기

'주디'
루퍼트 굴드 감독 2019 미국

영화 〈주디〉를 보면 마음이 아프다. 1939년에 개봉된 〈오즈의 마법사〉에서 도로시 역으로 나온 배우 주디 갈란드의 비극적인 삶을 담았기 때문이다. 영화는 〈오즈의 마법사〉 오디션을 보는 열일곱 살의 주디와 생애 마지막 콘서트를 펼치는 마흔일곱의 주디를 번갈아 보여준다.

기대가 너무 컸기 때문일까. 영화를 처음 봤을 때는 살짝 아쉬운 마음이 들었다. 주디 갈란드의 전반적인 삶을 가늠하기엔 다소 부족한, 죽기 6개월 전의 모습을 주로 다루었기 때문이다. 하지만 나이 든 주디 갈란드가 '오버 더 레인보우'를 부르는 한 장면만으로도 충분히 감동적인, 잊을 수 없는 영화다.

〈오즈의 마법사〉를 처음 봤을 때, 주디 갈란드의 깊고 풍부한 연기 때문에 놀랐다. 겨우 열일곱밖에 안 된 소녀가 마치 삶의 희로애락을 다 아는 나이 든 사람처럼 풍부한 표정으로 노래를 하고 연기를 했다. '도로시=주디 갈란드'라는 공식이 생길만한 명연기였다. 그 뒤 또 하나 놀랐던 것은 그녀의 불행한 삶이었다. 인권에 대한 개념이 없었던 1930년대, 프란시스 에셀 검(주디 갈란드의 본명)은 MGM에 소속되면서 쉼 없이 일해야 했다.

할리우드는 그녀에게 각성제과 수면제를 번갈아 먹였다. 다이어트 때문에 스프 한 그릇과 블랙커피 한 잔이 하루의 식사였고, 끊임없이 담배를 피우도록 했다. 스타를 만들겠다는 욕심으로 가득한 엄마는 그녀를 더욱 궁지로 몰아넣었다. 역할을 따내기 위해 성 상납까지 시켰던 것이다.

무명의 배우가 주연이 되자 동료 배우들은 그녀를 냉대했다. 스타가 되었지만, 최고의 미녀 엘리자베스 테일러와 에바 가드너 등과 비교당하며 '미운 오리 새끼'로 불렸다. 평생 외모 콤플렉스에 시달리며, 약물과 알콜에 중독된 인생이었다. 네 번의 이혼과 다섯 번의 결혼은 짧은 행복과 긴 불행의 상징이다.

르네 젤위거의 명연기로 펼쳐진 영화 속 장면들이 떠오른다. 방 한 칸 없는 빈털터리, 약과 술에 찌들어 공연은 펑크 내기 일쑤인 퇴물 스타, 돈 때문에 억지로 공연을 하지만 무대에서만큼은 눈부시게 빛나고, 끝나면 다시 한없이 무기력해지는 모습….

그렇게 생애 마지막 콘서트를 펼치던 모습이 뛰어난 연기와 노래로 펼쳐진다. 하지만 한편으로 아이들을 극진히 사랑하는 엄마로서의 모습, 반짝이는 눈물과 함께 '오버 더 레인보우'를 부르는 모습은 절망 속에서 가느다란 한 줄기 빛을 노래하는 것 같았다.

그녀의 삶이 마냥 행복했더라면 그 노래가 그렇게 절절하게 다가왔을까. 상처투성이의 몸이지만 살아있다는 것 자체가 어딘가 마음 한쪽에 희망을 품고 있는 것은 아닌지. "주디 갈란드는 자신을 이겨냈다"라고 한 르네 젤위거의 표현이 납득이 되는 이유다. 르네는 주디를 향해 "순수한 천재성과 타고난 재능은 백만 년에 한 번 나오는 것"이라는 찬사를 보낸다. 그만큼 주디의 재능은 뛰어났다. 그러나 재능은 독이 되어, 그녀를 갉아먹고 평생을 신음하도록 했다. 그녀를 둘러싼 세상은 그토록 잔인했다.

하지만 한편으로 이런 생각을 해본다. 그녀는 좀 더 자신을 사랑할 수 없었을까. 말하자면 자존감 문제 말이다. 뛰어난 재능에도 불구하고, 외모 콤플렉스와 무대를 향한 두려움, 관계에의 집착 등은 낮은 자존감의 전형을 보여준다.

비극적인 그녀의 삶을 안타까워하며, 오프라 윈프리(역시 수많은 고난을 겪어온)의 한 마디를 기억해본다.

"나의 행복이나 불행이 다른 사람의 책임이라고 생각하는 것은 시간 낭비다. 우리는 반드시 용기를 내어 타인에게서 받지 못한 사랑을 자신에게 주어야 한다.”

이혼 이야기에 녹여낸 남자들의 성장 이야기

'크레이머 대 크레이머'
로버트 벤튼 감독 1979 미국

'결혼 이야기'
노아 바움백 감독 2019 미국

우연히 1979년 영화 〈크레이머 대 크레이머〉를 보다가 2019년의 〈결혼 이야기〉와 흡사하다는 생각이 들었다. 40년이란 세월의 차이가 있어 감각은 다소 차이가 나지만, 큰 틀에서 보면 매우 비슷하다. 한 마디로 '잘 나가던 남자가 이혼당하는 이야기'라 할 수 있다.

〈크레이머 대 크레이머〉는 작가 겸 감독 로버트 벤튼이 연출하여 아카데미 작품, 감독, 각색상 등 주요 부문을 휩쓴 명작이다. 더스틴 호프만이 남우주연상을, 메릴 스트립이 여우조연상을 받은 만큼 두 배우의 연기를 보는 즐거움이 크다. 노아 바움백 감독이 연출한 〈결혼 이야기〉는 올해 아카데미 작품상 후보에 오를 만큼 작품성을 인정받았다. 스칼렛 요한슨과 아담 드라이버도 각각 남녀 주연상 후보에 올랐다. 카리스마 있는 연기를 보여준 로라 던이 여우조연상을 수상했다. 두 작품 모두 평단과 대중의 사랑을 고루 받은 수작이다.

이제는 먼 나라 이야기가 아니라, 우리 생활 속에 깊숙이 들어와 있는 '이혼'을 다루는 이야기지만 한편으로 남자들의 성장담으로 읽힌다. 가정은 뒷전이고 일이 우선이던 이기적인 남자가 아내의 이혼 통보에 좌절을 겪으며 새롭게 태어나는 이야기다.

미숙했던 남자가 깨달음 속에서 성장하고, 용서를 구해 재결합하는 해피엔딩이면 얼마나 좋을까만, 영화는 냉정하다. 그리고 몹시 현실적이다. 사랑하며 살아야 할 가족이 싸우며, 서로에게 상처 주는 모습을 보는 것은 그리 유쾌한 경험이 아니다. 하지만 두 영화 모두 마냥 심각하지만은 않다.

〈크레이머 대 크레이머〉는 밝고 상쾌한 음악(비발디의 만돌린협주곡 C장조 1악장)을 배경으로, 진지한 이야기를 무겁지 않게 풀어나간다. 배우들의 명연기와 감독의 세련된 연출이 영화 보는 즐거움을 안긴다.

〈결혼 이야기〉 역시 마냥 무겁지만 않게 섬세하면서도, 감각적으로 연출했다. 이혼의 아픈 과정을 지나는 주인공들을 연민을 가지고 바라보게 한다. 주인공의 주변 인물들도 사랑스럽다. 뮤지컬의 한 장면처럼 두 주인공이 각각 노래를 부르는 장면이 인상적이다. 힘든 과정을 통과해가며, 그래도 살만하다고, 여전히 삶은 소중한 거라고 말하는 것 같다.

마치 '이혼'과 같은 재난 상황 속에서 살아남는 법을 가르치는 것 같다. 어떤 상황 속에서도 우리는 하루하루의 일상을 담담히 살아내야 한다고. 그래서 두 영화 모두 단지 '이혼 이야기'가 아니라, 미숙한 사람들이 아픔을 겪으며 성숙해가는 이야기로 읽히는 것이다.

「아직도 가야 할 길」의 저자 스캇 펙은 "우리가 성장하게 되는 것은 고통과 위기를 통해서만 가능하다"고 말한다. 고통이나 위기를 겪고 싶어 하는 사람은 아무도 없다. 하지만 때때로 인생은 우리에게 피할 수 없는 위기와 고통을 안긴다. 정신과 의사인 그는 힘든 상황에서 되새겨볼 중요한 말 한마디를 알려준다. "나도 괜찮지 않고, 당신도 괜찮지 않지만, 그래도 괜찮다."

〈결혼 이야기〉의 끝 무렵, 아담 드라이버가 부르는 'Being Alive(뮤지컬 〈컴퍼니〉 삽입곡)'가 그렇게, 괜찮다고 말한다. 또한 〈크레이머 대 크레이머〉에서 더스틴 호프만의 능숙해진 요리 솜씨가 "어쨌든 다 괜찮아져"라고, 우리에게 말해 준다.

세상에서 가장 따뜻한 이름의 응원군, 가족

'우리는 동물원을 샀다'
카메론 크로우 감독 2011 미국

'댄 인 러브'
피터 헤지스 감독 2007 미국

세상에 가족만큼 든든한 응원군이 또 있을까? 가정의 달 5월을 맞아 재미있게 봤던 가족 영화 두 편을 떠올려 본다. 〈우리는 동물원을 샀다〉는 BBC 다큐멘터리 〈벤의 동물원〉에 소개되었던 실화를 영화화한 것이다. 뜻하지 않게 동물원을 인수하게 된 가족의 이야기로 〈제리 맥과이어〉의 카메론 크로우 감독이 연출했다. 〈댄 인 러브〉는 〈길버트 그레이프〉의 작가 피터 헤지스가 각본을 쓰고 연출한 로맨틱 코미디다.

두 편 모두 부인과 사별해서 홀로 아이를 키우는 아버지가 주인공이다. 맷 데이먼과 스티브 카렐이 각각 싱글 대디로 나온다. 아름다운 배우 스칼릿 조핸슨과 줄리엣 비노쉬가 상대역으로 출연한다. 재미있게 보고 나면 마음이 따뜻해지는 영화들이다. 아버지와 아들, 혹은 아버지와 딸들의 갈등과 화해가 따뜻하게 그려져 있다. 두 영화 모두 감독의 따스한 온기가 전해져 오는 것 같다. 연기도, 스토리도, 음악도 좋은 웰메이드 영화들이다. 특히 〈댄 인 러브〉는 요즘 보기 힘든 대가족이 나와 가족의 사랑을 전한다.

연휴에 며칠, 여행을 다녀왔다. 제주도에 있는 미술관 투어였다. 바다와 바람과 숲이 어우러진 자연 속의 미술관은 말할 수 없이 아름다웠다. 가족과 함께 한 여행은 꿈결처럼 행복했지만, 약간의 잡음은 존재했다. 하지만 조금씩 삐걱댄 이후의 대화는 서로를 성장하게 하는 고마운 잡음이었다. 이 여행이 소중한 시간의 갈피로 간직되어 얼마나 큰 인생의 자양분이 될까, 생각해 보면 마음이 뜨끈해진다.

세상에 갈등이 없는 가족은 하나도 없다. 중요한 건 갈등이 생겼을 때 어떻게 해결해나가는가 하는 것이다. 각자의 논리로 옳고 그름만을 따지거나, 감정을 있는 대로 다 쏟아내지 않았으면 좋겠다. 그럴 때는 잠시 심호흡을 하고 서로에게 시간을 주었으면 싶다. 얼마간 시간이 흐른 후에 서로의 마음을 열어 보이면 해결의 실마리를 찾을 수 있지 않을까? 물론 쉬운 일은 아니다.

〈댄 인 러브〉에는 "사랑은 감정이 아니라 능력"이라는 대사가 있다. 사랑은 누구나 할 수 있는 게 아니라는 뜻으로 해석해

본다. 진정한 사랑은 팍팍한 인생을 헤쳐나가게 하는 힘과 용기의 원천이다. 그리고 모든 사랑의 기초는 바로 가족의 사랑이다. 가족이란 세상에서 가장 따뜻한 이름의 응원군인 것이다.

두 영화 모두 비슷한 명대사가 있는데, 바로 모험에 빠져보라는 것이다. 〈우리는 동물원을 샀다〉의 맷 데이먼은 모험의 결과는 중요하지 않다고, 결과는 보너스일 뿐이라고 한다. "20초만 미쳤다고 생각하고 용기를 내라"는 유명한 대사를 한다. 〈댄 인 러브〉의 스티브 카렐은 아이들에게 계획이 뭐냐고 묻는 대신, 놀라운 일에 빠져보라고 말한다. 인생은 계획대로, 바램대로만 되는 게 아니라고 한다. 이렇게 말해주는 아버지가 있는 아이들은 얼마나 행복할까?

스스로 보석이 된 네 소녀 이야기

'사파이어'
웨인 블레어 감독 2012 호주

내내 심각한 영화만 보고 있다는 걸 깨달았다. 가볍고 즐거운 영화를 찾다가 뮤지컬 영화인 〈사파이어〉를 보게 됐다. 보고 나니 마냥 즐겁고 유쾌한 것만은 아니었다. 호주 원주민의 아픔이 들어있었기 때문이다.

1968년, 애보리진(aborigine)이라 불리는 네 명의 원주민 소녀 줄리, 가일, 신시아, 케이는 베트남 위문공연단(미군을 위한) 오디션에 참가한다. 컨츄리송을 즐겨 부르던 이들에게, 매니저라 자처하는 데이브가 솔(soul)뮤직을 부를 것을 권한다. 타고난 노래 실력으로 당당히 오디션에 합격한 이들은 고향을 떠나 전쟁 중인 베트남으로 향한다. 그리고 예상치 못한 온갖 어려움에 처하게 된다.

이 영화는 호주의 토니상이라는 헬프먼 어워드에서 최우수 극작상과 최우수 호주작품상을 받은 뮤지컬이 원작이다. 제4회 대구국제뮤지컬페스티벌 폐막작이었다는 사실이 흥미롭다. 호주를 대표하는 뮤지컬인 것이다.

원작자 토니 브리그스는 어머니가 멤버였던 원주민 솔가수 그룹에서 영감을 얻었다고 한다. 차별받던 원주민 소녀들의 삶이 변하는 과정을 지켜보면, 결말에서 묵직한 감동을 얻게 된다.

리드보컬인 줄리 역에는 호주의 오디션 프로그램 준우승 출신인 제시카 마우보이가 맡아 짙은 감성의 솔뮤직을 들려준다. 'What a Man' 'Sugar Pie Honey Bunch' 등 우리 귀에 친근한 노래들을 선곡해 흥겨움을 더한다. 줄리의 아들인 극 중 꼬마 토니가 바로 원작자인 토니 브리그스다.

딸의 베트남행을 반대하는 영화 속 엄마를 보며 문득 집 떠난 지 오래된 나의 딸이 생각났다. 마침 오랜만에 집에 온 딸과 많은 이야기를 나누었다. 엄마의 품을 떠난 지 10년이 훌쩍 넘는 아이는 자신의 생각과 가치관이 더욱 또렷한 사람이 되어있었다. 어느 정도 거리감이 느껴지는 것도 사실이었다. 서운함에 잠시 고민해보았다. 멀리 내보내지 말고, 곁에서 함께 살자고 할 걸 그랬나 하고. 스스로의 선택을 존중해주느라, 너무 많은 자유를 주었다고. 영화 속 엄마도 딸이 고향을 떠나는 것을 반대한다. 하지만 딸은 좋아하는 노래를 마음껏 하며 돈을 벌겠다는 목표로 전쟁터로 향한다. 얼마나 많은 날을 공포와 두려움 속에서 떨어야 할지 예상하지 못한 채.

베스트셀러인 「12가지 인생의 법칙」에서 조던 피터슨은 "쉬운 길이 아니라 의미 있는 길을 선택하라"라고 말한다. 생각해보면 나의 딸도, 영화 속 소녀들도 쉬운 길이 아니라, 그렇게 꿈을 향해 의미 있는 길을 선택했다. 그 길에 얼마나 많은 눈물과 한숨과 두려움이 있었는지는 본인만이 알 것이다. 영화를 보고 나서 깨달았다. 딸에게는 서운한 마음이 아니라, 응원의 박수를 더 보내야겠다고.

영화의 결말, 집으로 돌아온 네 사람은 가족의 품에 안겨 자신의 뿌리를 다시 확인한다. 엔딩 자막이 특히 감동을 안기는데, 영화의 모델이 된 실제 인물들이 등장하기 때문이다. 각자의 분야에서 성공한 여성이 되어, 애보리진들의 더 나은 삶을 위해 힘썼다는 것. 그리고 아들과 손주들을 위해 늘 노래를 불러주었다는 자막이 여운을 남긴다.

"당신에게 최고의 모습을 기대하는 사람만 만나라." 앞서 말한 12 법칙 중 제 3 법칙이다. 차별받던 원주민 출신에서 성공한 여성으로, 영향력을 끼치는 사람으로 변하게 된 까닭은 무엇일까? 변함없는 가족의 사랑과 지지, 무엇보다 스스로가 원석임을 믿고 날마다 조금씩 가꾸어나갔기 때문이리라. 조던 피터슨의 조언대로 나를 깎아내리는 사람은 가능한 만나지 말 일이다. 또 그런 말을 마음에 담아두지 말아야 할 것이다.

매력적인 음악들과 함께, 쉬운 길이 아니라 의미 있는 어려운 길을 택했던 네 소녀의 이야기를 들어보기 바란다. 아픈 역사가 숨어있지만, 절대 심각한 영화가 아니다. 가족의 사랑이 있고, 웃음과 눈물이 있는 유쾌한 뮤지컬 영화다.

영화를 보고, 「12가지 인생의 법칙」을 다시 읽으며 제1 법칙을 중얼거렸다. "어깨를 펴고 똑바로 서라." 이것은 차별을 넘어 스스로 보석이 된 네 소녀가 증명해낸 법칙이다.

마음 깊은 곳의 소리를 들을 때

'드림 걸즈'

빌 콘돈 감독 2006 미국

배우가 되고 싶었다. 뮤지컬 〈빠담 빠담 빠담〉을 보고서였다. 에디트 피아프로 출연한 윤복희는 정말 멋있었다. 가슴이 뛰었다. 그렇게 무대에서 당당한 배우가 되고 싶었다. 대학에 들어가자마자 찾은 곳이 연극반이었다.

그 뒤 무대와는 관련이 없는 평범한 일상을 살면서도 내내 뭔가 아쉬운 마음이었다. 허전한 마음에 매일 한 편씩 영화를 보고 글을 썼다. 그게 모여서 책이 나왔다. 책이 나오자 꿈꾸던 많은 일이 현실이 되었다. 그러자 더는 마음 한구석이 허전하지 않게 되었다. 그래선지 요즘은 옛날만큼 영화를 많이 보지는 않는다. 더 이상 무대를 그리워하지도 않는다. 열정이 식은 것일까.

어떤 이유로 뮤지컬 영화들을 찾다가 오래전에 본 〈드림 걸즈〉를 다시 보게 되었다. 세 번쯤 봤는데, 볼 때마다 빠져들게 되는 영화다. 이 영화의 매력은 무엇보다 음악이지만, 이야기 자체도 무척 재미있다. 잘 알려진 대로 다이애나 로스와 슈프림스가 모델이다. 1982년에 초연된, 토니상 6개 부문에 빛나는 브로드웨이 뮤지컬이 원작이다.

노래에 재능이 뛰어난 세 소녀 에피, 디나, 로렐은 인기가수 지미의 백보컬로 활동하게 된다. '더 드림즈'라는 이름으로 데뷔를 하게 되지만, 가창력이 뛰어난 에피 대신 미모의 디나가 리드보컬이 된다. 갈등을 일으키던 에피는 팀에서 쫓겨나게 된다. 자동차 딜러 출신 매니저의 전폭적인 지원을 받은 더 드림즈는 폭발적인 인기를 누리지만, 에피는 밤무대에 설 기회조차 얻지 못한다. 상업적인 목적으로만 가득한, 사장이자 남편인 커티스에게 회의를 느낀 디나는 마침내 독립을 선언한다. '더 드림즈'의 고별공연에는 처음 음악을 시작할 때 함께 한 에피, 디나, 로렐이 모두 모이게 된다.

이야기의 배경은 1960~1970년대의 디트로이트다. 영화 속에는 다이애나 로스와 슈프림스, 그리고 모타운 레코드사의 그림자가 짙게 깔려있다. 제작사는 여러 가수를 모델로 했을 뿐이라고 밝혔지만, 흡사한 점이 많다. 극 중 에피의 모델은 플로렌스

발라드다. 여고시절 음악을 시작할 때부터 리드보컬이었지만, 후에 다이애나 로스에게 밀려나게 된다. 그리고 영화와는 달리 끝내 화해하지 못했으며, 알콜 중독에 빠진 플로렌스는 32세의 나이에 심장마비로 세상을 떠난다.

에피 역의 제니퍼 허드슨은 폭발적인 가창력과 열정적인 연기로 아카데미 여우조연상을 받아 모두를 놀라게 했다. 뮤지컬 영화 〈캣츠〉에서 그리자벨라 역을 맡아, 저 유명한 '메모리'를 부르게 된다. 디나 역의 비욘세도 평소의 파워풀한 가창력을 숨긴 채, 단아하고 고운 목소리를 들려준다. 어디까지나 개인적 취향이지만, 달콤하고 여성적인('엔드리스 러브' 류의) 다이애나 로스의 목소리보다 흑인 특유의 짙은 솔(soul)이 담긴 제니퍼 허드슨의 목소리가 좋다. 극 중 에피의 실제 인물 플로렌스 발라드의 목소리가 그랬을 것이다.

최근 아레사 프랭클린의 공연 실황을 담은 다큐멘터리 〈어메이징 그레이스〉를 봤다. 1987년 여성 최초로 로큰롤 명예의 전당에 올랐으며, 18번의 그래미상 수상에 빛나는 전설적인 가수다. 시드니 폴락이 연출을 맡은 필름으로 공연 실황 및 음반 녹음 현장이 담겨 있다. '영혼을 울리는' 잊을 수 없는 목소리였는데, 무엇보다 기억에 남는 것은 객석을 전혀 의식하지 않는 그녀의 모습이었다. 몹시 긴장한 듯했는데, 오직 노래 부르는 것에만 집중했다.

노래란 게 무엇이기에 그토록 온몸에 땀을 흘리며, 혼신의 힘을 다해 부르는 것일까. 준비한 곡들을 다 부르고 난 그녀는 비로소 밝아지며, "땡큐"를 중얼거렸다. 단순한 노래가 아닌 영혼의 울림이었고, 그것은 타자를 의식해서는 나올 수 없는 가장 깊은 내면의 울림이었다.

"들어봐. 내 깊은 곳의 소리를. 비록 시작이지만 끝내 자유를 찾으리. 이제 때가 되었네. 내 꿈에 귀 기울 때." 디나 역의 비욘세가 부른 '리슨(listen)'의 한 구절이다. 한 해의 끝과 새로운 시작 앞에서 자신에게 들려줄 노래가 아닐까 싶다. 깊은 내면의 소리는 본인만이 알아들을 수 있으므로.

탱고에 실린 인생의 향기

'여인의 향기'
마틴 브레스트 감독
1992(2017 재개봉) 미국

'향기'는 '냄새'보다 훨씬 기분 좋은 단어다. 이 영화에서의 향기는 사실 여인이 풍기는 비누 향기를 말하는데, 다분히 상징적인 제목이다. 〈여인의 향기〉는 알 파치노가 아름다운 아가씨와 탱고를 추는 장면으로 널리 알려져 있다. 하지만 단순히 그 장면만 기억하고 말기엔 아까운 영화다. 인생에 대한 소중한 메시지가 담긴, 감동적인 영화이기 때문이다.

알 파치노가 연기하는 프랭크 슬레이드는 폭발 사고로 시력을 잃은 퇴역군인이다. 신경질적이고 괴팍한 성격의 그는 술에 의지한 채, 좌절에 빠진 날들을 보내고 있다. 고등학생 찰리는 추수감사절 동안 노인을 돌보는 아르바이트로 프랭크를 만나게 된다. 식구들이 여행을 떠난 사이 프랭크는 뉴욕행을 서두른다. 사실 프랭크의 뉴욕행은 자신의 삶을 끝내기 위한 것이었다. 하지만 순수하고 책임감 강한 찰리의 간곡한 설득으로 자살을 포기한다. 이후 찰리 또한 프랭크의 도움으로 퇴학위기에서 벗어나게 된다. 마침내 집에 돌아온 프랭크는 어린 조카들에게 다정하게 말을 건네는 사람으로 변해 새 삶을 시작한다.

이 영화에서 가장 인상적인 장면은 당연히 탱고 장면이다. 아름다운 아가씨에게 탱고를 가르치던 프랭크는 "탱고는 인생과 달리 단순하다"며 "스텝이 엉키면 그게 탱고죠"라고 말한다. 이후에 찰리는 삶을 끝내려는 프랭크에게 이 말을 되돌려준다. "스텝이 엉키면 그것이 탱고예요." 프랭크의 말을 뒤집어 인생은 탱고와 같다는 것이다. 눈물이 글썽한 채로 말하는 찰리의 모습은 보는 이를 뭉클하게 한다.

조반니 아르피노의 소설이 원작인 〈여인의 향기〉는 알 파치노를 스타로 만들었던 〈대부〉 시리즈를 끝낸 후에 찍은 작품이다. 〈대부〉 1, 2 이후에 무명에서 일약 스타가 된 그는, 혼란스러움에 한동안 심리 치료를 받으며 영화를 쉬었다고 한다. 그도 스텝이 엉켜버린 셈이다. 이후 몇 편의 영화에 출연하고 〈대부 3〉을 끝내고 나서 찍은 것이 바로 이 영화다. 다행히 영화계로 돌아왔기에 우리는 최근까지도 그의 명연기를 볼 수 있게 된 셈이다. 알 파치노가 아니었다면 괴팍함 속에 따뜻함을 숨긴, 밝음과 어두움을 모두 가진 사내의 내면을 생생하게 볼 수 있었을까?

알 파치노의 기막힌 탱고 춤에 흐르는 음악은 '포르 우나 까베사(Por una cabeza)'. 아르헨티나의 탱고 황제 카를로스 가르델의 곡으로, '간발의 차이'라는 뜻이다. 한번 들으면 잊을 수 없을 만큼 아름다운 선율로, 음악회에서 자주 연주되는 곡이다. 이 영화에서의 뛰어난 연기로 알 파치노는 아카데미 남우주연상을 비롯한 다수의 연기상을 수상한다. 메소드 연기로 유명한 그는, 시각장애인 연기에 얼마나 집중했는지 실제로 시력을 잃을 뻔했다고 한다.

'여인의 향기'를 '인생의 향기'로 바꾸어 읽어본다. 이때의 향기란, 인생의 스텝이 꼬여버렸을 때도 계속 우리를 살게 하는 그 무엇이다. 자신의 죽음을 결사적으로 말리는 소년 앞에서, 프랭크가 인생을 끝내버렸다면 어떻게 되었을까? 소년은 평생 그 상처를 안고 살았을 것이고, 나중에 프랭크가 소년을 도울 기회는 결코 없었을 것이다. 그렇게 한 치 앞을 모르는 게 인생이다.

그러니까, 스텝이 엉켜도 우리는 계속 춤을 추어야 한다. 음악이 흐르는 한. 그게 바로 탱고이고, 인생이다. 탱고가 끝나면 또 어떤 음악이 연주될지 기대되지 않는가?

히치콕이란
전설이 시작된 영화

'레베카'
알프레드 히치콕 감독
미국 1940(2018 재개봉)

히치콕의 영화들은 재미있다. 그리고 모던하다. 제작연도를 생각하면 놀라울 정도다. 할리우드에서 연출한 첫 번째 작품인 〈레베카〉는 낭만적인 사랑과 넘치는 스릴, 끝을 짐작할 수 없는 스토리로, 시종 흥미진진하다. '서스펜스의 귀재'라는 히치콕의 색깔이 본격적으로 드러나지는 않았지만, 관객을 몰입하게 만드는 솜씨는 역시 대단하다. 그해 아카데미 작품상을 받았으며, 뮤지컬로도 잘 알려진 작품이다.

영국 작가 대프니 듀 모리에의 소설이 원작인 〈레베카〉의 내용은 이렇다. 조안 폰테인이 연기하는 여주인공은 사별의 상처를 안고 있는 대부호와 사랑에 빠져 결혼한다. 레베카는 죽은 전처의 이름이다. 대저택 곳곳에 남아있는 레베카의 흔적 탓에 괴로운 그녀. 죽은 레베카를 향한 하인들의 찬사와 매사에 죽은 사람과 비교당하는 그녀는 고통스럽다. 사랑하는 남편과의 관계도 균열이 생긴다. 레베카를 숭배하는 집사, 댄버스 부인은 사사건건 그녀를 괴롭힌다. 신데렐라 스토리 같지만, 이야기 속에 엄청난 반전이 숨어있다.

흥미로운 건 열등감과 두려움으로 둘러싸인 여주인공의 심리다. 죽은 사람의 이름이 제목인데, 주인공의 이름은 끝까지 나오지 않는 것이 상징적으로 보인다. 존재감 없는 가녀린 여인이 거대한 세상에 맞서, 고난을 뚫고 마침내 사랑과 행복을 쟁취하는 이야기는 감동적이다. 청순가련한 모습으로 구원의 여인상 모습을 멋지게 연기한 조안 폰테인은 아카데미 여우주연상 후보에 올랐다. 잔인한 말이지만, 히치콕은 촬영장 밖에서도 그녀에게 쌀쌀맞게 대하라고 스텝들에게 주문했다고 한다. 그만큼 그녀의 주눅 든 연기는 자연스럽다. 명배우 로렌스 올리비에의 젊은 날을 볼 수 있는 것도 놓칠 수 없는 보너스다.

〈레베카〉는 〈이창〉과 함께 히치콕의 영화 중, 개인적으로 가장 좋아하는 영화다. 조안 폰테인, 그레이스 켈리 같은 아름다운 여배우를 볼 수 있고, 사랑 이야기와 함께 여리지만 강인한 여주인공이 있어 그런 것 같다. 미 영화연구소에서 역대 영화 중 1위로 꼽은 〈현기증〉이나, 스릴러 영화의 교과서인 〈사이코〉

등을 보면, 천재성을 실감하며 찬사를 보낼 수밖에 없다. 특히 〈사이코〉는 심리 스릴러의 전형을 보여주며, 그 편집 기교에는 혀를 내두르지 않을 수 없다(특히 전설적인 샤워 신을 보라). 천재적인 솜씨의 그런 영화들을 확인하고도 여전히 〈레베카〉처럼 낭만과 품격이 있는 영화를 좋아하니, 영화는 그야말로 취향대로인 셈이다.

다큐멘터리인 〈히치콕과 트뤼포〉를 보면, 마틴 스콜세지를 비롯한 명감독들이 얼마나 그에게 매료되었는지 확인할 수 있다. 하지만 당시에는 할리우드보다 프랑스에서 더 높은 평가를 받았다. 프랑수아 트뤼포를 비롯한 프랑스 감독 및 평론가들에 의해 재발견되었으며, 그들의 열렬한 찬사로 인해 현재까지 전설적인 존재로 남았다. 당시에 흔치 않은 작가주의 감독이었던 것이다. 그만큼 시대를 앞서갔던 것 같다.

아직 보지 못한 히치콕의 작품들이 많다는 건 즐거운 일이다. 관객에게 새로운 경험을 안기기 위해 열정을 쏟아부었던 천재 감독의 유산들을 하나하나 순례해보자. 히치콕의 영화들을 찾아보는 건 나에게 '코로나 블루'를 대처하는 하나의 방법이었다. 2022년에는 새로운 배우와 연출의 〈레베카〉가 리메이크되기도 했다. 전설은 그렇게 계속되고 있다.

모두의 가슴에 시가 살아있기를

'죽은 시인의 사회'

피터 위어 감독 1989 (2016 재개봉) 미국

가을에 어울리는 영화 한 편을 고른다. 한국인이 다시 보고 싶은 영화 1위에 선정되었고, 2016년에 재개봉된 〈죽은 시인의 사회〉다. 가을 풍경이 아름답게 담긴 이 영화의 배경은 1950년대다.

전통과 규율의 명문 웰튼 고등학교에 새로운 영어 선생이 부임한다. 키팅 선생의 자유로운 가르침 아래, 아이들은 새로운 시각으로 인생을 바라보는 훈련을 한다. 수업 첫날 서생이 가르쳐 준 '카르페 디엠(현재를 즐겨라)'을 외치며, 비밀모임 '죽은 시인의 사회'를 결성한다. 자유롭고 희망찬 날들을 보내지만, 이내 혹독한 시련이 닥친다. 누구보다 키팅 선생을 따르던 닐의 죽음은 모두를 비통하게 한다.

죽음의 배후로 지목된 키팅 선생이 학교를 떠나던 날, 아이들은 하나둘 책상 위에 올라가 외친다. "오, 캡틴, 마이 캡틴." 내성적이고 앞에 나서길 꺼리던 토드가 맨 먼저 외친다. 눈물이 글썽한 채 "당신의 가르침을 잊지 않겠어요"라고 말하는 것 같다.

기억나는 명장면, 명대사가 많다. 키팅 선생은 시의 구조를 분석하고. 시를 평가하는 책의 서문을 찢어버리라고 한다. 의학과 법, 경제, 기술은 삶에 필요한 수단일 뿐, 시와 낭만, 아름다움과 사랑이 인생의 목적이라고 가르친다. 고인이 된 선배들의 사진을 보며, 이들의 목소리를 들으라고 한다. 우리 모두는 언젠가 죽는다며, "카르페 디엠"을 외친다. 지금 현재를 즐기며, 인생을 소중히 여기라 한다.

아카데미 각본상을 받은 이 영화는 기자 출신의 여류작가 N. H. 클라인바움의 소설이 원작이다. 〈트루먼 쇼〉로 유명한 호주 출신 감독 피터 위어가 연출했다. 〈죽은 시인의 사회〉라는 제목은 헨리 데이비드 소로우의 시에 나오는 구절이다. 키팅 선생이 자신을 부를 때 쓰라던 "오, 캡틴. 마이 캡틴"은 링컨 대통령이 암살당했을 때, 월트 휘트먼이 그를 기리며 쓴 시다.

동굴에서 시를 읽는 모임을 일컫는 '죽은 시인의 사회'는 시의 향연으로 가득하다. 아이들은 휘트먼과 소로우, 셸리의 시를 읽는다. "장엄한 연극은 계속되고 너 또한 한 편의 시가 된다는 것." 시의 감동에 멍해지는 사춘기 남자아이들의 모습이 흥미롭다.

언젠가 수능을 친 아들이 본 영화는 〈세 얼간이〉(인도판 죽은 시인의 사회)와 이 영화였다. 결국, 재수를 하게 됐지만, 이 영화들은 아들의 마음을 온통 흔들어 놓았던 것 같다. 키팅 선생의 가르침을 충실히 따르는 것처럼, 나름 독특한(?) 자신의 길을 가고 있다. 별수 없이 기성세대인 나의 눈에는 그 행보가 답답해 보이고, 자주 불안하지만 몇 번씩 마음을 고쳐먹는다. 다만 응원하고 지지하기로, 더 기다려 보기로. 우리 앞길에 무엇이 기다리고 있는지는 아무도 모르는 것. 영원한 응원군이 되리라 한 번 더 마음먹는다.

"사물을 다른 각도에서 봐. 바보 같아 보여도 시도를 해." 가장 기억에 남는 키팅의 가르침이다. 그의 말처럼 사물을 새로운 눈으로 볼 수 있기 바란다. 그렇게 내 가슴에 시가 살아있기를 바란다. 어쩌면 '코로나 시대'가 주는 교훈도 이런 건지 모른다. 지금까지의 삶을 되돌아보고, 다시 새롭게 시작하라고.

시대도, 아들도 불안해 보이긴 마찬가지다. 하지만 키팅 선생의 가르침대로 다른 각도에서 보자면, 이 불안함이야말로 새로운 내일로 가는 힘이 아니겠나.

시대에 갇혀버린 상류층의 슬픈 자화상

'순수의 시대'
마틴 스콜세지 감독
1993(2017 재개봉) 미국

영화는 보는 시기나 상황에 따라 다르게 다가온다. 〈순수의 시대〉는 아주 좋아했던 영화인데, 다시 보니 달랐다. 무엇보다 다니엘 데이 루이스가 연기하는 뉴랜드의 우유부단함이 답답했고, 미셸 파이퍼의 엘렌도 너무 연약해 보였다. 예전엔 이루지 못한 둘의 사랑이 마냥 애달프기만 했는데 말이다.

뉴욕 사교계에서 이름난 가문 아처가의 뉴랜드와 밍코트가의 메이는 약혼한 사이다. 유럽의 귀족과 결혼했던 엘렌이 돌아오자, 뉴랜드의 세상은 균열이 시작된다. 결혼생활 파탄으로 입방아에 오르내리는 엘렌을 돕던 뉴랜드는 어느새 사랑의 감정을 느낀다. 철저히 질서에 순응하는 메이는 현실의 세상, 자유분방한 엘렌은 뉴랜드가 꿈꾸던 세상이다. 두 세상 사이에서 끊임없이 망설이고 고뇌하던 뉴랜드는 끝내 엘렌의 세상에 가지 못한다.

여성 최초 퓰리처상 수상에 빛나는 작가 이디스 워튼은 실제 상류층 출신이었다. 자신이 본 옛 뉴욕 상류층의 모습을 세심하게 그려낸다. 그녀의 모습은 엘렌 캐릭터에 담겨 있다. 미국 상류층의 허영과 위선에 염증을 느낀 나머지 삶의 대부분을 유럽에서 보냈다. '질병보다 추문을 더 두려워하고, 용기보다 체면을, 소동보다 교양 없는 것은 없다고 생각하는 것이 옛 뉴욕의 방식'이라 표현했다. 〈순수의 시대〉란 제목은 그야말로 역설적인 것이다. 영화를 다시 보고 알았다. 진정한 주인공은 사람을 옭아맨 '시대'라는 것을. 예전에는 두 연인의 아픈 사랑만 보였는데 말이다.

기존 질서가 전부인 줄 알았던 메이, 새로운 세상을 꿈꾸지만 한 발도 나가지 못한 뉴랜드에 비해 엘렌은 자유를 상징하는 인물이다. 하지만 그녀 역시 반쯤은 시대에 갇혀버린다. 영화와 소설을 보고 자료를 찾다가, 가장 앞서나간 사람은 작가 자신이란 사실에 놀랐다. 작가로 성공했을 뿐 아니라, 1차 세계대전이 일어나자 적극적인 전쟁 구호 활동을 벌여, 프랑스에서 레지옹 도뇌르 훈장까지 받았다.

'섬세한 문장, 냉혹한 리얼리티의 작가'로 평가되는 이디스 워튼은 주인공들을 냉정하리만치 현실적으로 그렸다. 한편으로 그 시대 사람들은 그렇게 살 수밖에 없었던 것이다. 메이는 가식적이고, 뉴랜드는 답답하고, 엘렌은 나약해 보이지만, 어디까지나 19세기 인물이다. 시대를 묘사하고, 거기에 갇힌 인물들을 표현함으로써 작가는 일종의 카타르시스를 느꼈을 것이다. 그 힘으로 시대를 뚫고 나간 것이 아닐까.

영화의 시작과 끝은 뉴랜드의 시선이다. 끝내 엘렌을 만나지 못하고 돌아서는 대신, 아들이 그녀를 만나는 것은 상징적이다. 시대에 갇혀 꼼짝하지 못한 자신 대신 아들이, 이름처럼 뉴랜드 즉 새로운 땅을 밟을 것이다. 그것만으로 그가 놓친 것에 대한 위로가 되겠다. 그럼에도 주름진 얼굴로, 회한에 차서 끝내 돌아서는 마지막 장면은 여전히 슬프다. 명감독 마틴 스콜세지는 아버지에게 이 영화를 바친다고 했다.

영화를 통해 시대에 갇혀버린 슬픈 인물들을 보고, 21세기에도 여전히 구시대적 사고방식에 갇혀있지 않은 지 돌아보면 좋겠다.

눈앞에 보이는 것을 사랑하라

'자산어보'

이준익 감독 2019 한국

연초에 몸이 아팠다. 아프니 사물을 보는 시선이 좀 달라진다. 우선 욕심이 없어진다. 그저 아프지 않기를, 다른 건 이미 충분하다는 생각이 되었다. 하여 올 한 해 개인적 화두는 '자족(自足)'으로 정했다. 주어진 상황에 만족하며 최선을 다하는 것이 한 해를 잘 사는 비결이 아닐까 하며, 근래 가장 좋았던 영화 〈자산어보〉를 떠올려 본다.

〈자산어보〉는 신유박해(1801년) 때 흑산도로 유배 간 정약전이 흑산도 연해에 서식하는 물고기와 해양생물의 실태를 기록한 책이다. 영화 〈자산어보〉는 정약전이 마을의 청년 어부, 창대의 도움을 받아 「자산어보」를 집필하는 과정을 그린다. 신분을 초월한 우정이 진하게 펼쳐지며, 인생에 대한 깊은 통찰이 담겨 있다. 배우들의 연기가 조화롭고, 맛깔스러운 전라도 사투리와 함께 한 폭의 수묵화 같은 흑백풍경이 시선을 사로잡는다.

영화를 끌고 가는 두 가지 축, 유쾌함과 묵직한 메시지가 균형을 잘 이뤄 영화 보는 즐거움을 안긴다. 조연들의 감초 연기와 함께 설경구, 변요한 두 배우의 연기가 훌륭하다. 청룡영화상을 비롯한 각종 영화제에서 수상함으로 작품성과 연기력을 인정받았다.

영화의 주인공은 정약전이다. 다산 정약용의 형이자 「자산어보」를 집필한 사람. 두 가지 외엔 알려진 것이 거의 없는 인물을 역사의 한 페이지에서 불러냈다. 베일에 싸인 인물을 택할 때는 상상력의 폭이 커진다는 미덕이 있다. 「자산어보」 책 서문에 두세줄 남겨진, 창대라는 인물의 이야기를 가지고 이토록 마음을 움직이는 드라마를 엮어낸 것이 놀랍다. 관념에 갇힌 성리학 대신 '자산어보'의 길을 택한 정약전과 성리학의 질서를 따라 '목민심서'의 길을 꿈꾸는 어부 창대의 관계가 시종 흥미진진하다. "인생의 방향을 묻는 이들에게 전하는 이야기"라는 평처럼 삶에 대한 본질적 통찰력이 담긴 영화다. 아름다운 영상으로 가득한 흑백 필름은 작품의 깊이를 더한다.

순교자인 아우 정약종처럼 철저한 신앙인도 아니고, 유배 기간 내내 책을 썼던 정약용과도 달랐던 정약전의 마음을 생각해본다. “애매하고 끝 모를 사람 공부 대신 자명하고 명징한 사물 공부”를 하겠다며, 사물로 자신을 잊어보겠다고 말한 정약전. 자신을 몰라주는 세상에서 그는 억울하지 않았을까. 세상의 끝이라는 곳에 유배 와서, 집필에 힘을 쏟는 강진 아우와 달리 그가 할 수 있는 일은 무엇이었을까.

영화는 기존 질서를 거스르는 사고방식 탓에 기존 방식의 책을 쓸 수 없었다고 말한다. 그래서 그는 눈앞에 있는 바다를 연구했다. 바다밖에 보이지 않으니 바닷속을 탐구했다. 그리고 마을 사람들과 어울리고, 서당을 열었다. 억울함과 좌절감에만 사로잡혀서는 할 수 없는 일이었다. 그는 아무도 가지 않은 길을 갔고, 조선 최고의 해양종합과학서적을 썼다. 못내 존경스럽다.

‘보이지 않는 것에 의미가 있다’라는 제목의 책이 있지만, 이제는 이렇게 말하고 싶다. ‘지금 눈앞에 보이는 것에 의미가 있다’라고. 올해 개인적 화두로 삼은 ‘자족’이란 만족이 아니라 ‘사랑’이 아닐까 한다. 지금 내 주변의 것들을, 상황과 사람들을 사랑하고, 있는 그대로 끌어안는 것. 정약전의 삶에서 그것을 본다. 한 편의 영화를 통해 그렇게 삶을 배운다.

위로가 필요한 시간

'대관람차'
백재호·이희섭 감독 2018 한국

모든 것이 멈춘 것 같았다. 코로나 19로 나라 전체가 숨죽인 시간, 영화를 볼 마음의 여유가 없었다. 나날이 늘어가는 확진자 수에 우리는 불안과 공포에 떨어야 했다. 외출 기피로 집에 틀어박힌 채 하루에 영화를 4편이나 봤다는 지인도 있었다. 하지만 나는 도무지 영화를 보고 있을 수 없었다. 지역을 걱정하고, 나라를 걱정하고, 틈틈이 집안일을 하고, 장을 봐서 어느 때보다 열심히 식구들에게 밥을 해 먹였다.

미세하게나마, 늘어가던 확진자 수가 줄고, 마스크 사려는 줄도 조금씩 줄어들었다. 그제야 '시간이 참 많아졌구나'라는 생각이 들었고, 미뤄두었던 영화 관람을 시작했다. 한국 영화의 아카데미상 수상을 계기로 우리 영화를 좀 더 챙겨봐야겠다는 생각으로 찜해두었던 영화가 바로 〈대관람차〉다.

선박회사 대리 '우주'는 오사카에 출장을 갔다가, 자취를 감춘 선배를 찾아 나선다. 선배를 닮은 사람을 뒤쫓다가 그는 우연히 'pier(피어)34'라는 작은 바에 도착한다. 음악과 술에 취해 귀국 비행기를 놓친 우주는 다분히 충동적으로 사표를 낸다. 그리고 pier34에 머물게 된다. 거기엔 자유로운 영혼의 소유자인 스노우와 그에게 기타를 배우는 하루나가 있다. 하루나의 아버지는 가수였지만, 후쿠시마 원전사고에서 부인을 잃은 뒤 세상과 담을 쌓은 채 지낸다. 하루나는 노래와 웃음을 잃은 아버지를 위해 미니콘서트를 준비한다. 우주는 하루나와 함께 연습을 하며 하루하루 달라져 가는 자신을 발견한다.

영화를 너무 오랜만에 봐서일까. 이 영화의 잔잔한 분위기 속 서정적인 화면과 음악이 너무 좋았다. 일본 특유의 정갈한 분위기가 듬뿍 담겨 있다. 한일관계가 악화일로로 치달으면서, 어쩐지 일본영화를 멀리하게 된 감이 있다. 오사카 올 로케이션이라는 걸 알았다면 보지 않았을지도 모르겠다. 하지만 주인공 외 대부분의 등장인물이 일본인인 이 영화에는 사람 냄새가 가득했다. 우리와 크게 다르지 않은 마음 따뜻한 사람들이 있었다. 가수 출신 배우 강두의 자연스러운 연기가 좋고, 루시드폴의 음악이 서정적인 배경과 멋지게 어울린다.

영화 내내 대관람차가 나오는 화면을 보면서, 바닷가 근처에서 패러글라이딩하는 것을 본 생각이 났다. 감염병으로 모두가 숨죽이고 있는 가운데 유유히 하늘에 떠있는 모습을 보니 기분이 묘했다. 마치 딴 세상 사람들 같았다. 인간사와 관계없이 한결같은 바다를 보고, 패러글라이딩을 즐기는 사람들을 보고 나니 어쩐지 가슴 한구석이 뻥 뚫리는 듯했다. 대관람차에서 내려다보는 풍경도 그렇지 않을까? 패러글라이딩을 하며 내려다보듯, 대관람차에서 풍경을 내려다보듯 그렇게 조금은 높은 곳에서 이 땅의 상황을 살펴볼 필요도 있지 않을까 싶다. 왜 이런 일이 일어났는지, 힘든 시기를 통해 돌아볼 것은 없는지…. 우리 모두 뭔가에 쫓기듯 살아온 것은 아닐까? 아이들은 아이들대로, 청년들은 청년들대로, 어른들은 또 어른들대로 그렇게 말이다.

21세기라는 초문명 사회에서 감염병 때문에 두려워 떠는, 영화보다 더 영화 같은 현실 앞에서 우리가 달라져야 할 것은 무엇일까? 어쩌면 영화 〈대관람차〉가 조금은 힌트가 될 수도 있겠다. 그렇게 지치도록 마냥 달려가지 않아도 된다고. 조금 쉬어가도 된다고. 노래와 웃음을 잃어버린 아버지 앞에서 힘차게 노래하는 하루나와 우주의 모습이 지금 우리에게도 필요한 것 같다.

최초의 여자 소리꾼
진채선 이야기

'도리화가'
이종필 감독 2015 한국

〈도리화가〉는 조선 최초의 여자 소리꾼 진채선과 스승 신재효의 이야기를 담은 영화다. 판소리 이론가요, 후원자로 명성이 자자한 신재효는 최초의 판소리 학교인 동리정사에서 소리꾼들을 길러낸다. 여자는 판소리를 할 수 없던 시대, 금기를 깨고 진채선을 제자로 받아들인다. 이후 전국의 명창들이 참여하는 경복궁 낙성연에 참가시킨다. 낙성연에서 장원을 차지한 채선은 대원군의 눈에 들어 운현궁에 머물게 되고, 신재효와 이별하게 된다. 이후 낙향한 신재효는 채선을 그리워하며 '도리화가'를 짓는다.

판소리가 남자의 전유물인 시대, 진채선은 왜 그토록 소리가 하고 싶었을까? 영화의 첫 장면은 신재효와 어린 채선의 만남이다. 부모를 잃고 고아가 된 채선이 거리에서 '심청가'를 듣고 눈물을 흘린다. 소리를 듣고 하염없이 눈물을 흘리는 아이를 보고 신재효가 말한다. "울다가 보면 웃게 될 것이야. 그것이 판소리라는 것이지." 그때부터 소리를 향한 열정이 꿈틀거렸으리라. 그럼에도 여자가 판소리를 하는 것은 금기인 시대에, 남장을 하고 판소리를 했다는 것은 성격이 당대의 보통 여인과는 달랐음을 알 수 있다. 물론 시대를 앞서간 신재효의 결단 덕분이다.

정노식의 「조선창극사」에서 "채선은 음률과 가무에 능할 뿐 아니라 판소리를 특출나게 잘해서 그 명성이 일세를 경동시켰다"라고 했다. 특히 '춘향가' 중 기생점고하는 장면을 잘했다고 한다. 성이 진씨요 무당의 딸이라는 것은 훗날 밝혀진 것이다. 그 외 다른 기록은 별로 없으니 영화의 많은 부분은 상상력에 의존할 수밖에 없다. 문순태의 소설 「도리화가」는 신재효의 생애와 업적이 중심인데 비해 영화는 진채선의 이야기가 주를 이룬다. 그리고 신재효와의 관계 중심이다. 말하자면 사랑 이야기다. 소리를 향한 채선의 꿈과 열정, 그리고 애틋한 사랑 이야기는 다분히 현대적이다.

매력적인 소재와 스타 배우들의 출연으로 큰 화제를 모았지만, 기대 이하의 흥행과 평가로 실망을 안겼던 작품이기도 하다. 하지만 그렇게까지 악평을 들을 영화는 아닌 것 같다. 무엇보다 영상이 아름다웠으며, 소재 자체가 신선하고 매력적이었다. 최초의 소리꾼인 진채선과 신재효의 삶, 그리고 그 시대의 풍습과 이야기를 볼 수 있어서 좋았다. 아쉬운 점은 역시 소리였다. 절로 〈서편제〉의 오정해를 떠올리게 된다. 그렇게 전문적으로 소리를 배운 배우가 했더라면 좋았을 것이다. "그 아이의 소리는 마음을 움직입니다"라는 신재효의 대사가 공허하게 들리는 이유다. 이후 나온 〈광대:소리꾼〉에서 전문 소리꾼을 발탁한 것은 〈도리화가〉의 교훈 때문이 아니었을까. 소리도, 연기도 합격점이었던 이봉근을 선택한 것은 성공적이었다고 본다.

소리만큼 아쉬운 것은 채선 역의 배우 수지가 말갛고 이쁜 얼굴처럼 연기도 그저 풋풋하고 이쁘기만 한 것이었다. "한에 묻히지 말고 그것을 넘어서는 소리를 하라"는 〈서편제〉의 대사를 생각해보면, 채선에게 '한'이 보이지 않았다는 게 치명적 결함인지 모른다. 아이돌 출신의 배우에게 한이나 깊이를 기대하는 것은 욕심일까. 더욱 성숙한 배우로 거듭나 〈건축학개론〉을 뛰어넘기를, '국민 첫사랑' 수지의 다음 행보를 기대해본다.

악플에 시달리다 감독을 그만두려 했다는 이종필 감독은 이후 〈삼진그룹 영어토익반〉으로 백상예술상 작품상을 수상한다. 재기에 성공한 감독에게 박수를 보낸다. 영화를 보면 엔딩 이후, 참여한 스태프들 이름이 끝도 없이 나온다. 한 편의 영화를 위해 이토록 많은 사람이 수고하는구나 매번 감탄하며 지켜본다. 그런 걸 생각하면 사람들은 너무 함부로 평을 해대는 것 아닐까?

영화를 보고 놀란 것 중 하나는 이야기가 대부분 사실이라는 것이다. 최초로 판소리 학교를 연 신재효가 처음으로 여자 소리꾼을 키운 것, 채선이 남장을 하고 소리를 한 것, 경복궁 낙성연에서 장원을 한 것, 그 모습에 반한 대원군이 채선을 '대령기생'으로 들인 것, 쓸쓸히 낙향한 신재효가 채선을 그리워하며 '도리화가'를 지은 것 등등.

영화보다 더 영화 같은 이야기들이 가득해서 보는 내내 흥미진진했다. 경회루에 배를 띄우고 '사랑가'를 부르는 낙성연 장면은 공들여 촬영한 만큼 시선을 사로잡았다. 병산서원, 하회마을, 광한루, 황매산 등등 우리나라 구석구석 명소들을 찍은 배경도 아름다웠다. 그리고 무엇보다 신재효와 진채선의 이름 석자를 또렷이 기억하고 판소리에 관심을 가지는 것만으로도 이 영화의 미덕은 충분하다고 생각한다.

영화를 보고 나서 명창들의 판소리를 찾아 들었다. 요즘에는 거의 듣지 않았는데, 판소리가 어릴 적부터 들어온 익숙한 소리라는 것에 새삼 놀랐다. 조상현, 안숙선, 박동진 명창들의 소리는 너무나 친밀한 소리였다. 언제부터 판소리가 멀어졌는지 모르겠다. 춘향가나 심청가의 몇몇 대목은 아리랑만큼이나 익숙한데 말이다.

국악이란, 특히 판소리란 뼛속 깊이 들어와 있는 우리 소리라는 걸 새삼 느낀다. 혹자는 판소리를 일컬어 '솔로 오페라'라 했다. 득음까지는 너무나 긴긴 세월이 필요하기에 판소리는 숭고한 음악이라 말하기도 했다. 음악이자 문학이며 연극인 판소리. 그 소리를 들으며 울고 웃었던 우리 조상들을 생각해본다.

시어머니께서 우리 집에 와 머무신 몇 주, 집안에서는 자주 트로트가 울려 퍼졌다. 어머니는 임영웅과 이찬원, 그리고 장사익을 좋아하신다. 혼자 다른 방에 가 조용히 클래식을 틀어놓고 있던 나는 문득 생각했다. 트로트나 대중가요는 격이 낮고 바흐나 모차르트 같은 서양 클래식은 격이 높은 것인가. 서양 클래식 역시 한때는 대중음악이 아니었던가. 뮤지컬이나 오페라는 보러 가면서 국악 공연은 왜 외면하는가. 그러자 오래 떠나온 고향처럼, 우리 소리가 그리워졌고 조금 미안해졌다.

유럽 영화를 좋아하는 나는, 이제 국악을, 그리고 국악 영화를 찾아봐야겠다고 생각한다. 하지만 국악은 낯설고 국악 영화는 드물다. 고향을 떠나온 지 너무 오래됐다. 하지만 고향이란 늘 그곳에 있는 것이다. 우리 소리는 그렇게 마음 깊은 곳에 늘 있는 것이다. 〈도리화가〉를 보고 우리 땅의 아름다움과 우리 소리에 대한 매력을 새삼 발견했으면 좋겠다.

사라지는, 소중한 것들을 위하여

'판소리 복서'

정혁기 감독 2019 한국

정혁기 감독이 각본을 쓰고 연출한 〈판소리 복서〉는 단편 〈뎀프시롤: 참회록〉이 출발점이다. 2014년에 발표한 단편 영화를 장편으로 만든 것이다. 왕년에 잘 나가던 복서 병구는 체육관에서 허드렛일을 하는 신세다. 그는 '펀치드렁크 증후군'(권투 선수들에게 나타나는 뇌 손상)으로 어눌한 말씨와 함께 하루하루 기억을 잃어가는 중이다.

하지만 체육관에 새로 온 민지에게 복싱을 가르치며 풋풋한 사랑을 키워나가고, 다시 링 위에 설 꿈을 꾼다. 때로는 무뚝뚝하게, 애정 어린 시선으로 보는 관장은 그의 든든한 후원자가 되어준다. 자신만의 '판소리 복싱'으로 세계를 제패할 거라는 그의 꿈은 과연 이루어질 수 있을까?

좋은 영화는 첫 장면만 봐도 알 수 있다고 어느 감독이 말했다. 일단 이 영화는 첫 장면이 아주 좋았다. 노을이 지는 바닷가에서 장구 소리에 맞춰 권투를 하는 장면이 신선하고 아름다웠다. 그리고 다 보고 난 소감은 기대 이상으로 좋았다는 것이다. 우리 가락 판소리와 복싱이라는 다소 뜬금없어 보이는 둘을 묶어놓은 이 영화는 독특한 매력이 있다. 소위 '병맛'이라 일컫는 B급 정서의 유머와 곧 사라져 없어져 버릴 것들을 따뜻하게 바라보는, 웃음과 슬픔이 공존하는 영화다. 낡고 오래된 것들을 정겨운 시선으로 바라보는데, 주인공은 스물아홉의 청춘(그것도 기억을 잃어가는)이니 이 또한 묘한 슬픔을 안긴다.

재개발로 사라질 낡은 체육관, 사진 필름, 브라운관 TV, 이종격투기에 밀려난 권투, 거기에 펀치드렁크 증후군으로 기억을 잃어가는 주인공까지. 영화는 온통 낡은 것, 혹은 사라져 가는 것들로 가득하다. 거기에 판소리 장단까지 곁들이니 기묘하기 짝이 없다. 판소리 역시 대중가요에 밀려난 처지가 아니던가. 영화는 낯설고 독특한데 묘한 울림이 있고, 마음을 움직이는 것이 있다. 젊은 감독이 왜 이렇게 낡은 것들에 집착하는지 문득 궁금해졌다.

감독은 어느 인터뷰에서 고등학교를 그만두고 하고 싶은 것을 찾다가, 〈센과 치히로의 행방불명〉을 보고 영상작업을 꿈꾸게 되었다고 했다. 뒷날 한예종에서 영화를 배우기까지 많은 좌절을 겪었던 것 같다. 정상적인 삶에서 이탈한 듯한 그의 경험이 아니었다면, 이런 영화는 나오지 못했을 것이다. 영화는 "이상하게 웃긴, 눈물 나는 영화"라는 평 그대로이다.

영화 속 판소리 가사는 감독이 고쳐 쓴 것이다. '수궁가'의 한 대목을 개사한 것인데, 느닷없이 쏟아져 나오는 판소리 장단은 힘차고 시원하다. 그만큼 새롭고, 영화의 개성을 더하는데 한몫 톡톡히 한다. 역시 "우리 것이 좋은 것"이다. 휘모리장단에 맞춘 복싱 동작은 눈을 뗄 수 없게 한다. "가장 개인적인 것이 가장 창의적인 것"이라는 마틴 스콜세지(아카데미 수상 때 봉준호 감독이 인용했다)의 말이 절로 떠오른다.

음악은 〈곡성〉과 〈부산행〉을 비롯해 수많은 영화 음악에 참여한 장영규가 맡았다. 젊은 소리꾼 안이호와 권송희의 뛰어난 소리가 귀를 사로잡는다. 그들이 소속된 '이날치'가 '범 내려온다'로 명성을 크게 얻기 전이다. 록 음악에 우리 민요를 결합한 세계적 그룹 '씽씽'의 리더이자 '이날치'의 프로듀서, 베이스 담당인 장영규는 이 영화로 들꽃영화상(독립·저예산 영화 대상) 음악상을 받았다. '협업의 귀재'라는 표현답게 여기저기서 빛나는 재능을 발휘한다.

이 영화의 매력을 말하자면 주인공 병구 역 엄태구를 말하지 않을 수 없다. 〈밀정〉과 〈택시 운전사〉에서 함께 작업했던 송강

호가 “떠오르는 실력자”라고 했던 말은 틀리지 않은 것 같다. 그의 다양한 연기 변신을 보면, 한국 영화를 이끌고 갈 젊은 배우 중 한 사람임이 분명하다. 이 영화 매력의 반은 감독의 독특한 정서이고, 나머지 반은 엄태구의 진심 어린 연기에 힘입었다. 그도 들꽃영화상 남우주연상을 받았다. 민지 역 혜리와 박 관장 역 김희원의 연기도 자연스럽고 조화롭다.

통영 서피랑 전망대, 상주 은모래 비치, 송정 솔바람 해변, 양주의 낡은 체육관과 인천의 낡은 골목 등등 공들여 촬영한 화면도 무척 아름답다. 들꽃영화상 촬영상, 신인감독상 후보에 올랐으며, 판타지아 영화제 AQOC-LUCDA 카메라상을 받았다. “과거의 못 이룬 꿈이 있거나, 사라지는 것에 대해 아쉬움이 있는 분”에게 추천한다고 감독은 밝힌 바 있다.

얼마 전, 성인이 되어 타지에서 직장 생활을 하는 아이 둘과 남편과 함께 오랜만에 가족 여행을 갔다. 제주에서의 4박 5일은 꿈결처럼 아름다웠다. 바다와 숲과 바람과 풀과 꽃들이 어우러진 자연 속 여행은 모든 시간이 소중했다. 여행이 끝나 아이들은 각자의 거처로 가고, 다시 집으로 돌아오니, 마치 꿈을 꾼 것 같았다. 영화 속 병구는 “아주 길고 이상한 꿈”을 꾼 것 같다고 했는데, 나는 “아주아주 짧고 행복한 꿈”을 꾼 듯했다. 이제 다 커버린 아이들과 언제 다시 함께 여행을 갈 수 있을까? 행복했던 시간은 기억 속에 아련히 남아있을 뿐, 수많은 사진에, 짧은 영상에 남았을 뿐이다. 아이들을 키운 일도 짧았던 여행처럼 아스라하다. 그리움이란 단어는 아마도 이럴 때 쓰는 모양이다.

젊은 나이에 세상을 뜬 고정희 시인은 "모든 사라지는 것들은 여백을 남긴다"라고 노래했다. 그의 시처럼 세상 모든 것은 사라지지만, 그것들이 완전히 없어지는 것이 아니다. 어떻든 자신이 있던 공간이나 흔적을 남긴다. 유기견 '포먼'(병구는 45세에 챔피언이 된 조지 포먼의 이름을 붙여주었다)도 죽은 후, 세 마리의 강아지를 남기지 않던가. 영화의 엔딩 장면, 병구가 꼬물거리는 강아지들을 안고 환하게 웃는 모습이 긴 여운을 남긴다.

"왜 다 끝난 것처럼 말씀하세요? 시대가 끝났다고 우리가 끝난 건 아니잖아요." 어디선가 병구의 목소리가 들리는 것 같다. 영화는 모든 것이 끝난 것 같은 때에도 여전히 꿈을 잃지 않고, 포기하지 않는 이들을 위한 찬가요, 응원가다. 그러니 우리, 축배를 들자. 언젠가는 사라질, 우리의 모든 소중한 것들을 위하여.

음악과 사람, 길 위의 여정

'상자루의 길'
박철우 감독 2021 한국

2015년, 국악고 동기이면서 한국예술종합학교에 재학 중인 세 친구는 자신들의 악기를 메고 산티아고로 향한다. 전통은 무엇일까, 하고 싶은 음악을 하며 시대와 공존할 수 있을까, 전공자인 나도 왜 일상생활 속에서는 전통음악을 즐겨 듣지 않을까 등등, 여러 질문을 가지고 순례길을 떠난다. 성훈은 아쟁을, 효창은 장구와 꽹과리를, 성윤은 기타를 메고 간다. 무거운 짐과 악기를 들고서, 가는 길 도중에 음악을 만들고, 연주하는 이들에게 순례객들은 '크레이지 코리안 가이'란 별명을 지어주었다. 산티아고 순례길을 무사히 마친 이들은 과연 어떤 답을 얻었을까?

〈상자루의 길〉은 제천국제음악영화제에서 상영되었고, EBS 국제다큐영화제에 출품되었는데, 극장 개봉은 한 적이 없다. 그래선지 영화를 찾아보기가 몹시 어려웠다. EBS에서 한 달 유료 결제를 하고서야 겨우 볼 수 있었다. 이것이 이들의 현주소인지 모른다는 생각이 들었다. 이름인 '상자루'는 상자와 자루를 이어붙인 말이다. 네모난 '상자'가 전통을 말하고, 담는 것에 따라 형태가 바뀌는 '자루'는 창작을 일컫는다고. 그 앞엔 '코리안 집시'라는 호기로운 이름을 붙였다.

이들은 산티아고를 걸으면서 음악을 창작하고, 연주한다. 한복이라는 눈에 띄는 옷을 입고 꿈처럼 아름다운 풍경을 배경으로 연주를 한다. 그들의 음악에 귀 기울이고 탄성을 발하며 즐거워하는 외국인들의 모습이 신선하다. "현대적이면서도 재즈풍 같고, 블루스 같은 동시에 전통적인 느낌도 들어." 이런 소감을 남긴다. 어떤 순례객은 "이 녀석들, 진짜배기야"라고 말한다. 국악 전공이 아닌 나의 귀에도 아쟁 소리는 특별하게 아름다웠고, 장구 장단은 흥겨웠으며, 기타 소리는 이채롭고 좋았다.

상자루 멤버들은 "우리가 가진 건 사람과 음악, 두 가지"라고 말하며, 때로는 여유롭게, 또 때로는 헉헉대며 산티아고를 걷는다. 800km를 걷는 동안, 힘들지만 행복해 보인다. 이들은 계속 걷고, 먹고, 연주한다. 서로의 보폭이 달라 조금씩 다툰 것, 세계 각지에서 온 사람들과의 교류, 배고픔에 접시를 싹싹 비운 소박한 음식들, 그리고 무엇보다 조금씩 완성되어가는 음악. 이때 만든 음악이 '상자루타령'과 '경복스윙'이다. 땀 흘리며, 치열하게 고민하는 청춘은 그저 아름다울 뿐이었다.

이들이 진짜 고민에 빠진 건 산티아고에 도착한 이후였다. 여러 이유로 포르투갈에 머물며 생존을 위한 버스킹을 하게 되는데, 돈을 벌기 위한 연주가 즐거움을 앗아갔기 때문이다. 즐겁지 않은 연주를 하니, 수익도 변변치 않았다. 순례가 끝나기 무섭게 정체성과 생존의 위기가 찾아왔다고 말했다. '즐거움을 공유하는 것이 꿈'이라던 이들이 길을 잃은 것 같았다. 이들은 계속 고민을 이어가고, 전통이 무엇인가에 대한 질문도 놓치지 않는다. 답을 찾지 못하고 한국에 돌아갈까 두렵다고도 말한다.

하지만 "진정한 여행이란 새로운 풍경을 보는 것이 아니라, 새로운 눈을 가지는 것"이라 한 마르셀 프루스트의 말은 옳았다. 여행에서 돌아와 올린 공연의 에필로그에서 이들은 말한다. "전통은 유연하게 흩어져 흐르고 있었다"고. "우리는 길을 걸으며 계속해서 숨을 쉬는 중"이라고. 자신들의 산티아고 순례 영상이 배경으로 흐르는 공연은 특별했다. 이후 이들은 눈부신 활약을 한다. '무소속 프로젝트' 2위, 전주세계소리축제, 베를린에서 열린 재즈코리아 페스티벌, 그리고 에딘버러 페스티벌까지. 가장 주목받는 젊은 국악인의 하나로 활발한 활동을 하고 있다.

이들은 전통에서 모티브를 얻을 뿐, 발랄한 자신들만의 음악을 연주하는 것 같다. “국악의 현대화나 대중화가 아니라 한국적 현대음악의 태동”이라 평한 어느 분의 말에 공감하게 된다. 록가수 ‘데이빗 보위’와 영화 〈미드나잇 인 파리〉를 좋아하는 이들에게, 조금은 더 대중적이길 바라지만, 아무래도 말을 들을 것 같지는 않다. 세간의 이목을 사로잡으며 귀를 즐겁게 했던 ‘범 내려온다’의 ‘이날치’처럼 대중적인 모습도 보였으면 하지만, 고집스레 자신만의 길을 갈 것 같으니 팬으로서의 욕심일 뿐이겠다.

이 영화에는 잘 보이지 않지만, 또 하나의 주연인 숨은 멤버가 있다. 바로 카메라를 들고 함께 산티아고를 걸은 박철우 감독이다. 그들은 학교 축제 때 만난 친구들이라는데, 아쟁을 연주하는 성훈과 감독은 룸메이트였다. 영화의 후반부, 오랜만에 만난 타악기 주자 효창은 감독에게 고마움을 표한다. ‘인디 중의 인디’인 상자루를 찍어준 것에 대해. 그의 말대로 ‘서로에게 감사한 존재’인 이 젊은이들의 앞날에 밝고 좋은 일들 가득하기를 기원한다. 산티아고에서 얻은 것들의 가치는 앞으로의 여정이 말해줄 것이다. ‘좋은 여정’이라는 뜻의 스페인어, 순례자들의 인사로 글을 마친다.

“부엔 까미노(Buen Camino).”

초판 1 쇄 _ **2023년 5월 8일**
지 은 이 _ 김은경
펴 낸 이 _ 김현태
디 자 인 _ 디자이너 장창호
펴 낸 곳 _ 따스한 이야기
등 록 _ No. 305-2011-000035
전 화 _ 070-8699-8765
팩 스 _ 02- 6020-8765
이 메 일 _ jhyuntae512@hanmail.net

따스한 이야기 페이스북, 인스타그램
https://www.facebook.com/touchingstorypublisher

따스한 이야기는 출판을 원하는 분들의 좋은 원고를
기다리고 있습니다.

가격 14,000원